LENGUA MADRE

DEMETRIA MARTÍNEZ

Lengua madre

Traducción del inglés por
ANA M.ª DE LA FUENTE

SEIX BARRAL

Cubierta: Ripoll Arias

Título original:
Mother Tongue

Primera edición: mayo 1996

© 1994 by Demetria Martínez
This translation published by arrangement
with The Ballantine Publishing Group,
a division of Random House, Inc.

Derechos exclusivos de edición en castellano
reservados para todo el mundo
y propiedad de la traducción:
© 1996: Editorial Seix Barral, S. A.
Córcega, 270 - 08008 Barcelona

ISBN: 84-322-4758-8

Depósito legal: B. 18.197 - 1996

Impreso en España

1996. – Talleres Gráficos DUPLEX, S. A.
Ciudad de Asunción, 26 - 08030 Barcelona

Recordadnos cuando nos hayamos ido. No nos olvidéis.

Evocad nuestras caras y nuestras palabras. Nuestra imagen será como una lágrima en el corazón de los que quieran recordarnos.

POPOL VUH,
Libro sagrado de los mayas

Ésta es la historia de cómo empezamos a recordar, ésta es la fuerte pulsación del amor en la vena.

PAUL SIMON,
«Under African Skies»

A LA MEMORIA
DE LOS DESAPARECIDOS

Hace falta más de una persona para narrar una historia. Deseo expresar mi gratitud a:

Los clanes de los Jaramillo y los Martínez, por la magia y la política,

Jeff Scott, mi marido, por su cariñoso apoyo durante los nueve meses que tardó en revelarse este relato,

Pat Windsor, por un rincón y un ordenador,

Frank Zoretich y Tim McCarthy, asesores literarios,

Dolores, mi madre, que se levantaba a rezar cuando el teléfono sonaba una vez,

Mary Jordan, rescatadora de almas.

Los personajes de la novela son imaginarios, pero el contexto no lo es. Más de setenta y cinco mil ciudadanos de El Salvador murieron durante la guerra civil que duró diez años y que oficialmente acabó en 1991. La mayoría murieron a manos de su propio Gobierno. Estados Unidos apoyó este esfuerzo con más de seis mil millones de dólares de ayuda militar. Documentos del Departamento de Estado, actualmente de dominio público, indican que altos funcionarios del Gobierno de Estados Unidos estaban al corriente de la política de El Salvador de atentar contra miembros de la población civil, entre otros el arzobispo Óscar Romero, asesinado en 1980. Los que estaban en el poder optaron por mirar hacia otro lado.

UNO

Su nación lo había triturado y escupido como si fuera una cáscara de piñón, y la tarde en que le vi bajar del avión comprendí que, un día, me acostaría con él. Venía a Albuquerque para empezar una nueva vida o, por lo menos, para esquivar a la muerte, en este cuenco de tierra roja, este Nuevo México. Era la suya una cara que yo había visto en un sueño. Una cara sin fronteras: párpados tibetanos, iris españoles castaños, pómulos mayas delicadamente cincelados en forma de cabeza de fósforo. No sé por qué, yo esperaba a un olmeca de rasgos africanos y casco de guerrero como los de esas cabezas esculpidas en basalto, grandes como peñascos, que yacen apoyadas en una mejilla en las selvas mesoamericanas. No; no tenía cara de guerrero. Porque la guerra todavía estaba dentro de él. El tiempo aún no le había sacado el veneno a flor de piel. Y yo era una de esas mujeres cuyo destino es sacar a los hombres la guerra de dentro o, por lo menos, imaginar que eso hacen, al igual que las prostitutas de antaño, que en los templos se entregaban a los soldados que volvían de la batalla. Antes de que él apareciera por la puerta de la terminal, yo no sospechaba que dentro de mí existiera un lugar semejante. Pero se abrió de repente, como un patio inesperado, que atrae a los soñadores, con sol, buganvillas y macetas de caléndulas.

Era el Día de la Independencia de 1982. Fue el último en salir del avión. Llevaba pantalón vaquero, camisa y corbata, el primero de muchos disfraces. Los de la iglesia de México debían de haberle dicho que buscara a una mujer que llevara una pulsera de turquesas, porque vino directamente hacia mí. Mientras nos estrechábamos las manos, lo vi todo —todo lo que estaba escrito y lo que no lo estaba, pero que yo haría que sucediera tomando la realidad con las manos y doblándola como una rama de sauce—. Me vi a mí misma susurrar su nombre a la luz de la llama de mi vela de Guadalupe: él y yo en un remolino de colcha india, colchones del Ejército de Salvación apilados en suelo de madera y paredes de adobe pintadas azul Juárez. Antes de que llegara él, el caos de mi vida carecía de eje en torno al que girar. Ahora ya tenía un centro. Un centro que estaba alejado de Dios, por lo que de antemano pedía perdón, con palabras que había leído no sabía dónde, de boca de Ishtar: «Prostituta compasiva soy.»

* * *

3 de julio de 1982

Querida Mary:
Son muchas las cosas que he de meter en la maleta, de modo que tengo que teclear deprisa. Mi contacto de El Paso ha conseguido a nuestro invitado pasaje en AmeriAir. La llegada está pre-

vista para las cuatro de la tarde de mañana. Como te dije la semana pasada, no olvides llevar la camiseta de Yale que te di, por si sus ropas parecen sospechosas. Si es así, envíalo al aseo más próximo. La Patrulla de Fronteras busca «ropa extranjera». Una vez, en el aeropuerto, hasta miraron la etiqueta de la blusa de una mujer: «Hecho en El Salvador.» Nos costó un año más y la gracia de Dios volver a enviarla al Norte después de que la deportaran.

Por si acaso, cuando baje del avión, háblale en inglés, dale noticias de «los parientes». Cuando nadie pueda oíros, recuérdale que, si le preguntan, diga que es de Juárez. Si lo deportan, los de Inmigración no deben tener la menor duda de que ha venido de México. Será más fácil ir a buscarlo allí que a un cementerio salvadoreño. Es conveniente que le enseñes un mapa de México. Que se aprenda de memoria la capital y el nombre de los Estados. Y yo tengo una cinta del himno nacional. Éstas son las bobadas que pregunta la *migra* cuando creen que tienen a un centroamericano. (Ah, sí, y si tiene el pelo muy largo llévalo a Sandoval, de Second Street, un peluquero que no te cobra ni pregunta.) El Paso llamó anoche para decir que vuelva a cambiarse el nombre, que no use el que figura en el billete de avión. Ocúpate de eso cuando lleguéis a casa.

Dejé las llaves al pie de la ristra de chiles rojos, que hay en la puerta lateral. Estáis en vuestra casa (os agradeceré que me reguéis las plantas). Tengo voluntarios que pueden conseguir médico, abogados y demás para nuestro invitado mientras yo estoy en Arizona. Dios mediante, un miembro de la delegación de la parroquia de

Guadalupe recién llegado de allá os llevará el afidávit del médico de la archidiócesis de San Salvador. Suponiendo, claro, que el médico no estuviera entre los ametrallados en La Cruz la semana última.

Como te dije, nuestro invitado es un caso típico de asilo político, en el supuesto de que decida solicitarlo. Incluso con prueba de haber sido torturado. De todos modos, no tiene más que un 2 por ciento de probabilidades de ser aceptado por los Estados Unidos. Los dirigentes de El Salvador pueden ser unos carniceros, pero matan en nombre de la democracia, por lo que nuestro Gobierno se niega a admitir que puedan hacer algo mal. Ya sé que san Pablo dice que debemos rogar por nuestros gobernantes, y así lo hago, pero no sin antes ponerlos en fila y fusilarlos a todos con la imaginación.

Conque ya lo ves, ya me tienes otra vez en la brecha. Antes a los casos más graves los casábamos, para conseguir papeles que les permitieran solicitar la residencia y el permiso de trabajo. Pero ahora no puedes solicitar nada, a no ser que lleves años casado e Inmigración se convenza de que el matrimonio es de verdad. Hace años, cuando vino Carlos, Inmigración nos interrogó en habitaciones separadas, preguntando por el color de las baldosas del baño, la marca de la comida del perro y cuándo fue la última vez que hicimos eso. Para ver si las respuestas cuadraban. Los años en que estuve «casada» conseguí engañarte hasta a ti. Bueno, hasta que nos divorciamos, al día siguiente de que él consiguiera la ciudadanía. Pero entonces eras todavía muy joven para que yo te enseñara a vivir fuera de la ley. Algo que en los viejos tiempos era muy fácil.

En el peor de los casos, organizaremos la ruta subterránea. Canadá.

Gracias, mijita, por acceder a hacer esto. Los voluntarios se ocuparán de todo (saben dónde está escondida la llave), tú sólo encárgate de que nuestro invitado esté cómodo. Quizá puedas llevarle a ver la Ciudad Vieja. Al fin y al cabo, no todo el mundo vive en una plaza que sus tatatatarabuelos ayudaron a levantar. Me alegro de que dispongas de tiempo, de que estés entre trabajo y trabajo. Gracias a tu pequeña herencia, puedes tomarte unos meses de descanso para pensar en lo que vas a hacer con tu vida. De todos modos, no te apures. Yo tengo cincuenta años y sigo sin saberlo. Confía en el Señor, que se mueve por caminos insospechados.

No sé cuánto tiempo voy a estar en Phoenix. La última caída de mi madre es grave, y si tienen que operarla quizá tenga que quedarme aquí todo el verano. No olvidéis dar de comer a los gatos ni sacar la basura. Te meteré esta carta por debajo de la puerta, y así, si me detienen, no podrán añadir uso del correo para conspirar, a todas las acusaciones acumuladas contra mí. ¡Rompe esta carta! Ten cuidado.

Besos y oraciones,

SOLEDAD

PS.:   Un consejo de una superviviente de los sesenta: cuenta con que el teléfono está pinchado, salvo que se demuestre lo contrario.

PPS.:   Y no se te ocurra enamorarte.

*   *   *

Haber tenido un momento de clarividencia no te facilita el plantearte el futuro. Al contrario, es una complicación, porque tienes que olvidar lo que has visto y seguir adelante, tan vulnerable como cualquiera. Cuando salimos del aeropuerto en mi furgoneta azul, la timidez me pulverizaba las palabras en la boca. Lo único que me impedía asfixiarme en el silencio era un chorro de notas de una flauta dulce, un canto nupcial camboyano que tocaban por la emisora universitaria. Pero él no era norteamericano: nada, en su actitud, denotaba que el silencio lo violentara. Lo recuerdo mirando hacia adelante, contemplando cómo la ciudad se partía en dos ante nosotros mientras avanzábamos deprisa por la autopista. Mi español era como un coche viejo al que le faltan piezas o las lleva sujetas con alambre de tender la ropa, pero me llevaba donde yo quería ir. Finalmente, pude hilvanar unas palabras para preguntar a este hombre que acababa de huir de su país si en el avión te daban cacahuetes o almuerzo. Las dos cosas, dijo él, pero no he podido comer nada. El movimiento del avión me mareaba, dijo, casi tanto como los gases lacrimógenos que respiré en el funeral de un sacerdote al que las brigadas de la muerte asesinaron a tiros en el momento de alzar la hostia consagrada.

No estoy segura, al cabo de veinte años, de que él usara las palabras «gases lacrimógenos». Yo no sabía cómo se decía eso en español, ni lo sé todavía. Pero pongamos que lo sabía, para que la historia case. Como verás, se me da bien eso de llenar vacíos y ver significado donde quizá no lo haya. De este modo me acerco mucho a la verdad. O me acerco todavía más a la ilusión.

Soledad murió hace muchos años, pero tengo sus cartas. También él murió, pero conservo la cinta de una charla que dio, la reseña que publicó la prensa, unos versos de amor. Ahora El Salvador está levantándose de entre los muertos, pero mi carpeta de recortes de periódico cuenta la historia de los años en que desaparecían los miembros de los sindicatos y se hacía bajar de los autobuses a las monjas a punta de pistola, un país con las manos atadas a la espalda, que gritaba: *basta, basta*. Esto y unas cuantas anotaciones en mi *Diario* es todo lo que me queda para atar mi relato a la realidad. Todo lo demás es remembranza. O desmembración. Sea lo que fuere, estoy dispuesta a volver atrás. Para, de una suma de vacíos, crear a un hombre que nunca podrá lastimarme.

*   *   *

Dije: Tenemos que buscarte nombre, un nombre al que respondas hasta dormido. En el billete de avión pone, simplemente, A. Romero. Esto, o algo parecido, le dije en la cocina de Soledad, entre los pósters de Zapata, Cuba y Nicaragua Libres pegados a las puertas de los armarios: sellos de Correo que expedían su cocina a través del siglo XX. La cocina olía siempre a café guatemalteco molido con almendra. A veces, el aire estaba aromatizado con la lima, el tomatillo y el cilantro que picaban en un molcajete de porosa roca volcánica las mujeres sin nombre que aparecían por la noche y se levantaban al paso del camión de la basura, para preparar un guiso con el que reponer fuerzas antes de que unos norteamericanos las transportaran a otras casas más al Norte. A. Romero y yo estábamos sentados a una mesa de roble, en la que había unas carpetas marrones llenas hasta rebosar de los artículos de los periódicos que recortaba Soledad. Todas las guerras que pasaban por la casa terminaban en un precario alto el fuego en esta mesa, en la que humeaban platos de judías pintas con arroz mientras los refugiados enrollaban las tortillas de maíz como si fueran cigarrillos. Aquí A. Romero y yo nos llevamos a los labios jarras de loza azul llenas de café caliente como si fueran el cáliz de la comunión.

Él dijo: Roberto, Juan, cualquier nombre. ¿Por qué no Neftalí u Octavio?, pregunté, ¿por qué no algo más original? Él dijo: En mi país los nombres aparecen en listas. O en labios de los oficiales del ejército en las fiestas de la Embajada de EE. UU. Al cabo de unas cuantas copas, en algún sitio, alguien desaparece. Mejor un nombre corriente.

Sus ojos se apartaron de mí y fueron hacia la sala de estar, al otro lado de un arco de adobe blanco revestido de azulejos árabes. La casa era un bosque de muebles de mercadillo a los que Soledad había sacado brillo con trozos de una bata de franela. Encima de un piano de media cola con unas teclas que relucían como el blanco de los ojos, había un radiocasete y cintas de cantos gregorianos. Un mirador de cristales biselados ponía marco al jardín: olmos, una pelusa de hierba de Bermudas y rosas que se abrían como un vuelo de faldas aflamencadas. Soledad vivía en el Valle, en una casa de terrones, bloques de tierra cortados hacía un siglo de las márgenes de Río Grande. En la pared de adobe que cercaba sus mil metros cuadrados tremolaban sombras de hojas de álamo. La casa parecía hecha a base de recortar y pegar fotos de los libros de arquitectura que se amontonaban en la mesita de centro de Soledad: era un combinado de reminiscencias islámicas, de los indios pueblo, y de las fortificaciones de los pioneros, de cuando las cosas se hacían para que durasen, una solidez que, para el refugiado, no podía ser más que un sueño.

Cualquier nombre que usted elija servirá, dijo él. No me corresponde a mí decidir, respondí. Me parece que entonces le conté una historia, una historia que había oído por la emisora de radio de la universidad cuando iba camino del aeropuerto. Una expedición española se tropieza con unos mayas. Los españoles preguntan: ¿Cómo se llama esto? Los mayas contestan: *Uic athan*, no entendemos vuestras palabras. Los españoles piensan que les han dicho que el lugar es Yucatán, y este nombre imponen, infligen, en el lugar. Al igual que Adán, creen que Dios les ha otorgado el derecho a dar nombre a un mundo. Y el mundo jamás se recupera de la agresión.

Él sonrió, dibujando un creciente de luna con los labios, a los que en seguida arrimó la jarrita de café, como para devolverles su forma original. Quizá me dejo llevar por la imaginación, quizá tardamos más en empezar a sonreírnos. Pero todo ocurrió muy deprisa, esto es lo asombroso. Desde el primer día, busqué la manera de acercarme a él, de hacerme indispensable. Todos mis gestos estaban minuciosamente calculados: oprimirle una mano, retorcerme un mechón de pelo, excusarme para retocarme la pintura de los labios. Actos normales que cambiarían el curso de mi vida, al igual que, según las teorías de ciertos físicos, la danza de una mariposa puede desencadenar la erupción de un volcán.

Un flechazo, así explicaba yo aquel anhelo que después se revelaría pura desesperación. Hay mujeres que se enamoran antes de conocer al hombre, porque es mucho más fácil amar a un misterio. Y yo necesitaba un misterio, alguien que estuviera fuera del tiempo normal, que pudiera rescatarme de una vida vulgar, de mi propio nombre, Mary, nombre de bendición que se había convertido en mi maldición. A los diecinueve años, yo buscaba a un hombre que rompiera la cáscara seca de ese nombre, para ver qué fruta fermentaba dentro.

Esto les ocurría entonces a las mujeres que no se casaban, ni tenían hijos y que habían dejado de ir a misa. Se permitían disentir. Cuestionaban hasta su propio nombre.

Eligió el nombre de José Luis.

* * *

Veinte años después, su nombre es una lente que me permite verlo como si fuera la primera vez. Metro sesenta y cinco. El pelo, negro como una olla india. Una cicatriz encima de la ceja derecha, costura que cerraba una vieja herida. Sus ojos rasgados eran acogedores como ventanas abiertas a la primavera, sin tela mosquitera, con cortinas blancas ondeando. Pero el resto de la cara, de mentón duro y boca seria, estaba tapiado como una casa cuyo dueño sabe lo que pueden hacer los intrusos cuando entran. Siempre atento y educado, siempre buscando la manera de ayudar. Al poco tiempo, preparaba el café, hacía la lista de la compra, daba de comer a los gatos. Pero la atención al detalle era también una disciplina mental, para distraer a los demonios del agotamiento, ahora estoy segura. Tenía las manos del hombre que ha recolectado café o cortado caña de azúcar durante cuarenta años. No estoy segura de cuándo me dijo que tenía veintinueve años. Entonces ya era tarde. Yo ya había contado los anillos de árbol que le rodeaban los ojos y me había enamorado de un hombre mucho más viejo.

* * *

Debimos de bajar al sótano de Soledad, debimos de oír crujir los peldaños cuando nuestras suelas oprimían las vértebras inferiores de la casa. Pero lo que mejor recuerdo es el olor, el olor a tierra húmeda, quizá a paredes de adobe o, si no, quizá sólo a la ropa que chapoteaba en la lavadora o pendía de una cuerda que se combaba sobre nosotros como un párpado. Ristras de chiles rojos colgaban de unos tubos que formaban una especie de jaula encima de la puerta de la habitación de José Luis. Por una ventana abierta sobre el nivel del suelo entraba un sol polvoriento que iluminaba los objetos de la habitación como en un cuadro: cama con manta mexicana azul, cómoda, mesita de noche con lamparilla en forma de media cáscara sobre la yema de luz y una maceta negra florecida de chamisa seca.

No necesito mucho espacio, dijo, todo lo que tengo son unos versos y una Biblia. Los sacó de una bolsa de bandolera y los puso en la cómoda. Inspeccionó la cama con la cara seria, como si temiera que alguien pudiera estar escondido debajo. Soledad había dejado un pantalón de chandal y una camiseta de manga corta de Harvard en la almohada con una nota: «Para nuestro invitado.» Se la traduje, intuyendo sólo vagamente el alcance de la conspiración en que me metía, y que tenía por objeto convertirlo en alguien totalmente diferente. Íbamos a protegerlo de las autoridades por medio de una ficción, una historia que oscureciera la verdad más que aclararla. Ahora, al mirar atrás, me asombra pensar que a pocos kilómetros había una biblioteca jurídica con libros llenos de términos tales como: ayuda a la comisión de delitos, complicidad, transporte clandestino. Desde luego, yo conocía los riesgos; pero el delito era la quintaesencia de la emoción, para una muchacha católica que había practicado el sexo por primera vez en su vida un año antes, y acababa de descubrir que burlar la ley produce un placer mucho más vivo.

Sí, lo deseé desde el primer día. En aquella época de mi vida, los hombres eran espejos que me permitían mirarme desde ángulos diferentes. Aparte de esta función, no existían. Era el mío un egoísmo supremo, la clase de egoísmo que se nutre de las atenciones masculinas, un vacío que florece en un vacío. José Luis no quería saber nada de eso. Cuando a mi cara asomaba el deseo, él lo extinguía hablando de El Salvador, la

guerra civil, las brigadas de la muerte, los terra-
tenientes. Sus luchas eran muy grandes y muy
pesadas como para poder doblarlas y ponérme-
las en la palma de la mano como limosnas. Al
fin no tuve más remedio que amarle. No bastaba
el deseo. El amor maduraría a la luz del tiempo
que pasáramos juntos, como en un matrimonio
concertado. Salvo que la que lo concertaba todo
era yo. Y decía que era el destino.

Varios meses o semanas después de su llegada, me preguntó: ¿Quieres saber mi nombre verdadero? Le dije que no. No. Tenía miedo a las
autoridades. Pero mayor que el miedo era mi necesidad de que él siguiera siendo un extraño, su
nombre falso, las gafas oscuras que no debía
quitarse. Porque siempre es emocionante amar a
un extraño. Aunque sea un extraño al que cono-
ces desde hace mucho tiempo.

* * *

Julio de 1982

Déjame ser
el puente,
[de] esas aguas
turbulentas,
sus ojos,
déjame ser.

Este José Luis Romero es el hombre más maravilloso que he conocido (y, además, atractivo).
Juro por Dios que nada más ponerle los ojos encima supe que era El Único. Y no puede ser coin-
cidencia que entrara en escena en el momento

en que yo preguntaba al universo si la vida era algo más que conservar empleos aburridos. Estaba deprimida. Ahora todo ha cambiado. De todos modos, comprendo que debería dominar estos sentimientos. De lo contrario, me dejaré arrastrar, y esto siempre lo estropea todo. Tengo que recordar que no puedo «hacer» que pase algo, que debo limitarme a preparar el terreno para un fin superior que quizá esté tratando de manifestarse. Quizá deba limitarme a ser su amiga. De todos modos, no sé nada de esa guerra horrible de la que ha escapado. Quizá sea mejor así. Necesita a una amiga que, simplemente, pueda hacerle olvidar.

Pero yo, desde que llegó hace una semana, todas las mañanas me levanto contentísima. Ha desaparecido ese sentimiento de culpabilidad que me bombardea cuando me levanto y trato de disfrutar con mi café mientras leo los anuncios por palabras. Ya no me importa ni conseguir empleo ni trazarme un programa. Por la mañana, hasta elegir la ropa y maquillarme antes de subir al coche para ir a casa de Soledad me causa placer. Esta mañana, un voluntario lo ha llevado a ver a un abogado, y yo me he quedado aquí, escuchando cantos gregorianos y escribiendo en este cuaderno que compré ayer. Cada vez son más largos los períodos de tiempo en los que olvido que estoy deprimida. Lo cual puede ser una definición de la felicidad.

Me pasan cosas inesperadas. Como ayer, en que cargué la furgoneta de latas y botellas de vino y cerveza para llevarlas a la planta de reciclado de North Edith y, cuando paré a repostar, el olor a gasolina me trajo recuerdos de primaveras pasadas. Por la KALB tocaban todas las canciones de amor malas pero bonitas de los setenta que puedas imaginar. Sin darme cuenta, subí a la furgoneta y me fui al súper Kmart de Candelaria. No llevaba más que cinco dólares en el bolsillo del pantalón vaquero, pero no pude resistir la tentación y me compré un sujetador negro. En serio. Y él ni siquiera me ha besado. Estaban de oferta. Se encendió la luz azul, sonó la sirena de los almacenes, y yo y todas las otras locas que empujaban carritos nos lanzamos sobre cajones llenos de sujetadores. Parecían cuervos que batieran las alas mientras nosotras los abríamos y agitábamos en el aire para ver la talla. También compré esmalte para las uñas (Rojo Azteca, 69 centavos) y este cuaderno.

Paz. Alegría. Apertura al futuro. ¿Cómo describir lo que siento más que utilizando esa gran palabra que empieza por «A» y que no me atrevo a decir en voz alta? Porque es como gritar fuego en un teatro. Los hombres huyen y las amigas me llaman estúpida.

*　*　*

Postal de la Ciudad Vieja, Albuquerque: plaza de adobe del siglo XVIII, tiendas con ristras de chiles rojos en el dintel, como la sangre de Pascua, americanos nativos que venden joyas en el portal de enfrente de la cantina. La foto parece tomada después de una lluvia. Las paredes de estuco de la iglesia de San Rafael tienen color de melocotón pasado. La iglesia es formidable, un acorazado de contrafuertes de adobe, paredes robustas y vigas que sobresalen en lo alto como cañones. Hace un siglo, una antepasada mía, Bernardina de Salas y Trujillo, ayudó a mezclar paja y barro para rebozar las paredes exteriores de la iglesia. Esto era algo que parecía importante recordar siempre que empezaba a enamorarme. Cuando se iniciaba el vértigo y me entraba la desesperación, me recordaba a mí misma que desciendo de mujeres que hacían algo útil con las manos, que sabían que lo realmente importante era ayudar a construir algo que duraría más que su vida y que su amor.

Alquilé una casa de cien años, con las paredes de barro, más oscura que el nido de una avispa. Estaba frente a la iglesia, unas puertas más abajo de la cantina. Tenía las paredes gruesas, y podía sentarme en el bajo alféizar de la ventana de la sala o el dormitorio, a mirar a los turistas. Siempre estaban haciendo fotos, actividad que me recordaba a los que roban piedras de las ruinas indias. Me preguntaba si un día al levantarme descubriría que la Ciudad Vieja había desaparecido. Antes de que llegara José Luis, me pasaba muchas tardes leyendo las *Upanishads* o el *Tao Te Ching* en la cantina, donde un camarero amigo me echaba gratis un chorrito de vino en el zumo de naranja. Al igual que un remedio homeopático, aquella dosis surtía en mí un efecto desproporcionado a su tamaño. Con un gesto de rebeldía que yo confundía con disidencia, me decía que a Dios no sólo podía encontrársele en la iglesia sino también en el bar. Yo tenía diecinueve años, era lo bastante joven como para creer que las paredes de San Rafael se me habían quedado pequeñas. Norteamericana hasta la médula, es decir, consumidora, veía

28

la religión como un bazar en el que podía revolver y escoger. Al mismo tiempo, envidiaba a las mujeres a las que veía salir de misa por la mañana y por la noche, con la cara arrugada como un pergamino. Yo deseaba su fe, una puerta robusta bajo la que guarecerme durante los terremotos de la vida.

*   *   *

Las campanas de San Rafael picoteaban la cáscara de la noche. Los turistas esgrimían sus cámaras, machetes que domeñaban la selva nueva. Los comerciantes colgaban letreros y tomaban café en vasos de papel a la puerta de la tienda. Muchas veces, cuando trato de recordar aquellos días, me viene a la memoria todo menos el recuerdo de mí misma, qué aspecto tenía, lo que decía, o lo que hacía. Ahí es donde empieza el dolor. Y es que, ¿sabes?, no siempre sirve la memoria. Busca imágenes y sentimientos en los que establecer un punto de apoyo, pero muchas veces sólo encuentra el vacío. Es fácil relatar los hechos. Dejé la universidad, en el sur de Nuevo México, durante el primer año, cuando murió mi madre. Regresé a Albuquerque, trabajé en una gestoría y lo dejé. Durante los años de la enfermedad de mi madre, o quizá mucho antes, huí del mundo, me encerré en mí misma, dejé de sentir. Podrías decir que me dormí. La cosa no tiene nada de particular. Simplemente, era más fácil dormir y fingir que estaba despierta que permanecer despierta y fingir que era fuerte. Veinte años después, puedo confesarlo sin rubor. Había palabras para describir a las personas como yo. Loca estaba pasada de moda, lo mismo que depresión nerviosa. Creo que entonces se estilaba trastorno emocional. Pero pregunta a cualquier mujer que haya tenido momentos en los que ha estado un poco ida. Te dirá que estaba dormida.

Y es que a las mujeres que se duermen y no saben por qué, les falta el argumento: ésta es la causa secreta de su vergüenza. De manera que yo me fabriqué mi propio argumento y lo orquesté como buenamente pude, hasta que los personajes, incluida yo misma, empezaron a decir y hacer cosas que yo nunca hubiera imaginado. Para demostrar que por lo menos los dioses estaban interesados por mí, tenté a la suerte y me enamoré de un hombre que a la fuerza tenía que marcharse. Enamorarme vino a ser una manera de pellizcarme. Demostró que estaba viva, aunque no fuera más que en esa estrecha franja que media entre drama y trauma. Entregué mi cuerpo a José Luis como si fuera una antorcha, para ayudarle a salir de su oscuridad. No sentía vergüenza. Fui muy poco original. Amar a un hombre más que a una misma era una forma socialmente aceptable de estar loca.

*   *   *

Foto de la capilla cuáquera: una escuela de una sola habitación delante de un granero, dos edificios de paredes blancas con ventanas negras, dados arrojados en un campo de alfalfa. En el horizonte, rozando la meseta por el Oeste, unos oscuros nubarrones abotargados. Yo solía ir a la capilla cuáquera cuando José Luis se marchó y se me acababan las formas de llorar. Era un lugar seguro, sin aristas, ni altares, ni cruces, ni credos, sólo un espacio y un respeto para los cuerpos sólidos y un silencio lo bastante grande para Dios. Pero en la noche que ahora recuerdo los bancos crujían como una orquesta que afina instrumentos mientras la gente se saludaba y se sentaba, charlando animadamente. Yo estaba en el sótano con José Luis. Había catres por todas partes y un olor dulzón a arroz casi quemado. Una guatemalteca se sacó un pañuelo del bolsillo del delantal y lo ató sobre la nariz y la boca de José Luis. Por el borde de la tela azul sus ojos asomaban como pequeños soles. Él se ajustó el pañuelo y miró a la mujer, como para cerciorarse de que estaba en su carácter: ahora era un refugiado, no un hombre.

Esa cara, extraña como una figura del tarot, aparecería en muchas fotos de prensa y telediarios nocturnos. Cuando se fue de Albuquerque, José Luis había contado su historia a numerosos grupos en la capilla cuáquera. Yo estaba siempre allí, le ataba el pañuelo, y al fin hasta se me olvidó por qué y dejé de sentirme horrorizada. Todo llegó a hacerse normal. La cara de medialuna, las luces más claras que el sol, su bienvenida «en el nombre del Señor» a cualquier agente de Inmigración que pudiera estar entre el auditorio. Yo siempre me sentaba en el fondo. Después de oír su relato una o dos veces, dejé de escuchar y sintonicé con el pensamiento frecuencias menos dolorosas. Siempre había algún intérprete voluntario, para apresar sus palabras con una red y luego para soltarlas.

Me llamo José Luis Romero. Nací en Cuametl, departamento de San Juan de El Salvador. Mi padre murió cuando yo tenía dos años. Mi madre, para mantenernos, lavaba la ropa de la familia rica del pueblo, dueña de todas las tierras... Nuestra colonia, además de otros problemas, tenía el de no poder acceder a más agua que la del río. Hablábamos de la situación en las reuniones de catequesis de los miércoles por la noche en la iglesia. El padre Gustavo nos hacía leer y meditar las Bienaventuranzas.

Bienaventurados los que tienen hambre, bienaventurados los pobres. El padre Gustavo nos hacía ver que no era voluntad de Dios que nos santiguáramos con agua bendita y padeciéramos sed. Ni que tomáramos la comunión y tuviéramos hambre. Decidimos perforar un pozo comunitario, como obra de la iglesia. Hasta se hablaba de poner un dispensario con ayuda de las monjas de Maryknoll, que eran enfermeras... Al domingo siguiente, hubo misa como de costumbre. Un amigo mío trajo pupusas que el padre Gustavo utilizaba para la comunión porque decía que reflejaban la cultura del pueblo. Os cuento esto porque la misa era el centro de la vida del pueblo. Y también durante la misa terminó la vida del pueblo que todos habíamos conocido. Cuando ocurrió aquello, yo estaba de pie en el fondo de la iglesia. En el momento en que el padre Gustavo levantaba el pan consagrado, sonaron varios disparos. Nuestro amado pastor murió en el acto, tuvo una muerte clemente. Dos días después, encontramos a su hermana, que estaba embarazada, descuartizada detrás de la iglesia... Podría contaros docenas de historias como ésta... Antes de ser asesinado, el padre

Gustavo me había ayudado a ingresar en el seminario de San Salvador. Yo quería estudiar teología, quizá ordenarme diácono y servir en las provincias que no tienen sacerdote. El padre Gustavo recaudó fondos a través de amigos jesuitas de América del Norte, para pagarme los estudios. No llevaba en el seminario ni un semestre cuando me enteré de que unos hombres de uniforme habían preguntado al deán dónde podían encontrarme. Él se negó a decírselo y entonces los hombres fueron a mi casa de Cuametl e interrogaron a mi madre y a mi abuela. Cuando fui a mi casa aquel fin de semana, mi madre me dijo que me fuera del país sin mirar atrás...

*   *   *

Durante veinte años he guardado la cinta con la grabación de su charla en una caja de zapatos; sus palabras, cenizas que no acababa de decidirme a dispersar. Pero anoche vino a mí en un sueño con media cara cubierta por un pañuelo azul. Me tomó una mano y, dulcemente, me dijo: Déjame marchar. Déjame marchar. Mientras escribo esto, recuerdo que, durante un momento, en el sueño, sus ojos castaños se convirtieron en mis ojos, color de trébol con los párpados sombreados de marrón. Al despertar, he bajado la cinta del armario y he escuchado su voz, un río todavía turbio de dolor pero cristalino de convicción. Luego he transcrito la cinta. Oprimiendo *play*, *pause* y otra vez *play*, he escuchado la melodía de sus palabras y he escrito la partitura. Después he borrado la cinta, para que el silencio desalojara hasta la última sílaba. Después he re-

33

bobinado la cinta para cerciorarme de que no quedaba nada. Ha sido como echar una última mirada a la habitación del hospital en la que se te ha muerto una persona muy querida. Y he llorado. No podía parar, ha sido una sorpresa, creí que mi arroyo de pena se había secado hace tiempo, dejando sólo el surco de la tormenta.

Hace veinte años, sigiloso como un gato, se me acercó por detrás mientras estaba sentada al piano de Soledad, escuchando la grabación de su charla. Era por la mañana; creí que aún dormía. No dijo nada, sólo se quedó escuchando, como si el relato pudiera decirle algo nuevo de su vida. Pero entonces un refugiado que contaba su historia no hacía psicoanálisis sino que daba testimonio, era historia en función de profecía, hechos recopilados no para cambiar el yo sino para cambiar los tiempos.

Volví a llenar las tazas de café y le enseñé el artículo de primera plana del *Albuquerque Herald*, con la foto de su cara semioculta sobre una fila de cabezas. Antes de traducírselo, le previne que lo único que esta gente es capaz de recoger con exactitud es que El Salvador tiene la extensión de Massachusetts. Le dije: Porque tienes la piel oscura, todo lo que digas será seguido por palabras tales como: Romero pretende, mientras que, si fueras blanco, escribirían, simplemente: Romero dice. Así es como aquí se hace desaparecer a la gente. Los reporteros, a falta de pistola ametralladora te apuntan con la cámara. Intercalan el bloc y el micro entre tu relato y su persona.

ALBUQUERQUE, N. M. En un discurso en el que denunció violentamente la ayuda militar de

EE. UU. a El Salvador, José Luis Romero (nombre supuesto) manifestó a más de un centenar de activistas congregados en la capilla que él huyó de aquel país centroamericano a causa de las llamadas brigadas de la muerte.

Romero, que anoche habló en la capilla cuáquera del Valle, mantuvo que varios de sus compañeros de seminario habían sido asesinados por las organizaciones paramilitares en San Salvador, la capital de aquel país que tiene una extensión similar a la de Massachusetts.

Romero alegó que las autoridades persiguen a los estudiantes a causa de un proyecto social dirigido a identificar las formas en que «el tejido social es afectado cuando unas cuantas familias poseen la mayor parte de las tierras». Todo el que critique a la minoría gobernante corre peligro, dijo a los reunidos. «Uno a uno, todos los jefes de los movimientos populares de los barrios de chabolas que rodean la capital desaparecen o son asesinados. La gente esconde la Biblia —dijo Romero—. Si te encuentran una Biblia, las autoridades suponen no sólo que sabes leer sino que puedes pedir el cambio. El Gobierno quiere que volvamos a los tiempos en los que el Reino de Dios sólo se refería al cielo y no a lo que puede conseguirse en la tierra.»

El orador, de veintinueve años, se cubría la cara con un pañuelo. Los activistas de la capilla dijeron a los periodistas que es preciso ocultar la identidad de los refugiados, a fin de impedir que los familiares que quedaron en el país sufran daño.

Según diversas fuentes, docenas de salvadoreños y guatemaltecos se han alojado en la capilla, que forma parte de una ruta clandestina hacia el Canadá. Los activistas afirman que muy pocos de estos refugiados consiguen asilo político en Estados Unidos.

John Houston, supervisor del departamento de Inmigración, condenó la reunión.

En una conversación telefónica mantenida con la prensa, dijo que las personas de la iglesia que dan cobijo a refugiados o que «exhiben a refugiados abogan por la flagrante violación de la ley».

«Esa gente son una partida de renegados santurrones», dijo Houston.

* * *

¿De verdad dije todas esas cosas de los periodistas? ¿No era yo de las que sólo leían el horóscopo, que esperaba que los astros me dijeran lo que no podía decirme Dios? José Luis era Acuario y yo, Cáncer. Su vida debía ser un manifiesto de los tiempos; yo debería sufrirlos en mi cuerpo. Su destino era ser un refugiado; el mío, amar a un refugiado.

* * *

Julio de 1982

Fue terrible oír a José Luis anoche en la capilla. Una sabe que en el mundo hay mucha mierda, pero no entiendo por qué las buenas personas tienen que llevarse la mayor parte. Durante estas dos semanas últimas en que he estado rondando por casa de Soledad y haciendo recados, no me ha dicho ni palabra de lo que le pasó en El Salvador, aunque habla de lo que ocurre en el país en general. Procura estar alegre y ayudar en la casa; hasta dibuja palomas en las notas que me deja para decirme que ha ido con un voluntario a ver a un abogado, o a hablar con otros refugiados, o cosas por el estilo.

Pero la semana pasada, cuando hablaba con un asesor legal voluntario acerca de las peticiones de asilo, cacé al vuelo varias palabras que estoy segura de que se referían a su pasado. Celda. Agua. Grito. Palabras que arañan el oído como una cerca de espino. No me atreví a trepar a la cerca para mirar al otro lado.

Anoche oímos cosas feas por la tele, aunque no hablaron mucho acerca de lo peor que había salido en el periódico. Le dije que no puedes fiarte de los medios de comunicación. Hasta Soledad, que ha visto de todo, se desespera cuando lee un artículo sobre El Salvador. Noté que se cabreaba cuando se lo leí. Apretó los dientes como acostumbran a hacer los hombres, como para triturar y tragarse los pensamientos, no vayan a escapárseles. Es una vergüenza que los periódicos se callen tantas cosas. La gente se interesaría más si conociera toda la verdad. Soledad siempre está con que, para cambiar el mundo, hay que cambiar las «estructuras sociales». Pero, francamente, yo creo que antes tienes que azuzar un poco a la gente, enseñarles todo el horror.

De buena gana le hubiera abrazado anoche. No podía evitarlo. Cuando volvimos de la capilla, entré y puse la tele, para ver si decían algo en las noticias. Él salió al jardín y se sentó en la cepa del olmo, encendió un cigarrillo y lanzaba anillos de humo a la luna. Inhalaba y exhalaba como el que recobra el aliento después de estar a punto de ahogarse en el mar. De no ser por la necesidad de respirar, hubiera llorado.

Mientras tanto, estoy empezando a descubrir una parte del misterio de este hombre. José Luis es Acuario. Es un hombre de tamaño más que natural. Ésta, por desgracia, es la impresión que tengo de la mayoría de los hombres. Pero él ha dado un sentido a su vida, ha tratado de convertirse en «sujeto, no objeto, de la historia», como me dijo el otro día, al explicarme la «teología de la liberación». Cuando me explicaba su filosofía de la vida, se me derretía el corazón. Es maravilloso sentir esto por una persona. Y quizá pueda aprender algo de él, algo acerca de la fe.

El horóscopo de hoy:

ACUARIO: Aumento de beneficios. Ponte al día en el pago de impuestos y seguros. Las inversiones en el extranjero toman mejor cariz. Una persona que trabaja entre bastidores te proporcionará información útil.

CÁNCER: Recupera trabajo atrasado. Una conferencia telefónica de larga distancia te ahorrará tiempo y dinero. Sigue preparando pasos importantes que deseas dar próximamente.

*   *   *

5 de agosto de 1982

Querida Mary:

Mijita, si tienes que perder la cabeza por ese muchacho, por lo menos aplícate y aprovecha para perfeccionar el español. ¿Cómo crees que aprendí yo inglés? ¿Te acuerdas del inútil de mi primer marido del que un día te hablé? Bueno, éramos jóvenes, estábamos enamorados, y lo que me decía cuando estábamos juntos no necesitaba traducción. Cuando te enamoras de un hombre que habla otra lengua, desarrollas un tercer oído. Primero, tratas de entender lo que dice. Después empiezas a oír lo que quiere decir. Entonces se rompe la relación. Pero algo sales ganando.

Yo aprendí el inglés porque tenía que aprenderlo. Pero no era divertido (hasta que conocí al inútil). Cuando vine de México, iba recogiendo palabras como si fueran abono para fertilizar mi vida en esta tierra extranjera. Y con el tiempo me enamoré del inglés. ¿Los hombres? Los hombres vienen y se van. Pero la lengua siempre será mía. Recuérdalo.

Te escribo a la luz azulada del televisor de mi madre. Está hablando mi predicador favorito, desde Nogales. Fuera hay tormenta y el aire está cargado de malos presagios. Hoy cuando he abierto la Biblia me ha saltado a la vista un pasaje de Daniel: «Y los que lleven la justicia a las multitudes serán como las estrellas por siempre jamás.» Ya sé que no debería leer la Biblia como se leen las hojas de té, pero «estrellas por siempre jamás» me sonó a muerte. No habían pasado ni cinco minutos cuando me llamó mi contacto de Nogales. Me dijo: «El arzobispo Grande necesita nuevas vestiduras.»

En resumidas cuentas, el jefe de policía, que me debe un favor, me proporcionó un chaleco antibalas y me rogó que no le dijera qué pensaba hacer con él. Yo le dije que el Señor se lo pagaría, si no en esta vida, en la otra. En cuentas más resumidas todavía, mi contacto de Nogales llevará el chaleco al arzobispo cuando vaya a San Salvador la semana próxima con una delegación. Dicen que ha habido una matanza en el pueblo de El Cordero y que el arzobispo trata de que se haga una investigación. Lo que quiere decir que se la juega.

En fin, cosas. Me alegro mucho de que tú y José Luis hayáis simpatizado. Es bueno que, entre las gestiones con los voluntarios, el trabajo de la casa y salir contigo, empiece a desarrollar una rutina. Una buena programación hace maravillas. (Dale las gracias por ocuparse de mi huerto.) Una cosa te pido y es que, mientras esté distraído, le rocíes los zapatos con agua bendita. Estoy preocupada desde que me dijiste que te había contado que eran de un compañero al que había matado a tiros la policía. El agua bendecirá los pasos del vivo y del muerto.

Escribe pronto, en español. Si no sabes alguna palabra, invéntala.

Besos y oraciones,

SOLEDAD

* * *

Poco después de conocernos, empezó a hablarme de sus poetas favoritos y a copiar en su cuaderno pasajes que le conmovían de autores como Pablo Neruda y Roque Dalton. Comprendí que la poesía era su vida. En la agonía de un sufrimiento aparentemente inútil, encendía, fumaba y pasaba a sus amigos esta pipa sagrada, hasta que se les revelaba una nueva visión acerca de su misión en la tierra. Desde luego, esto se me aparece con más claridad ahora, al mirar atrás. Porque, cuando él me dejaba ver lo que había copiado, lo único que yo podía deducir era que su corazón, adelantándose a su cabeza, pretendía establecer contacto conmigo. Trataba de decirme te quiero, utilizando los madrigales subversivos de los grandes poetas. Pegábamos sus notas en la puerta de la nevera, donde Soledad ponía recetas de cocina, listas de recados y oraciones. Yo no entendería los sentimientos que expresaban realmente aquellas palabras hasta mucho después, cuando comprendí que no se puede disociar amor e historia, que su guerra tenía que ser mi guerra.

«El honor del poeta revolucionario: convencer a su generación de la necesidad de ser revolucionario aquí y ahora, en el período difícil, el único que tiene potencial de epopeya... serlo cuando la condición de revolucionario suele ser recompensada con la muerte, ahí está la verdadera dignidad de la poesía. Entonces el poeta toma la poesía de su generación y la pasa a la historia.»

Roque Dalton

HERIDOS DE MUERTE

Al despertar
esta mañana
supe que estabas
herido de muerte
que yo también lo estaba
que están contados nuestros días
nuestras noches

que alguien los contó
sin contar con nosotros
que más que nunca
era preciso amarte
que me amaras.
Aspiré tu fragancia
te contemplé dormido
recorrí tu piel
con la yema de mis dedos
recordé a los amigos
que cumplieron su cuota
y están al otro lado:
el que murió
de muerte natural
el que cayó en combate
aquel que torturaron
en la cárcel
y echaba a patadas
a su muerte.
Rocé tu tibieza
con mis labios:
heridos de muerte
amor
quizá mañana
y te amé más que nunca
y tú también me amaste.

CLARIBEL ALEGRÍA

*   *   *

Guardo estas notas en una caja de zapatos;
las letras escritas en lápiz son oscuras y frescas
como la barba que despunta en la cara del amante. Las palabras *de muerte*, más pequeñas que las

otras, parecen trazadas com premura. José Luis siempre hablaba despacio, pausadamente, pero con la vehemencia del preso que da las instrucciones finales antes de una fuga en masa. Las palabras de mi viejo cuaderno, por el contrario, se dirían escritas en un vértigo de somnolencia, las letras, lazos con los que yo trataba de apresar sentimientos que galopaban sin un rumbo definido. Mientras José Luis devoraba libros de revolucionarios, yo meditaba textos de mística oriental, y descubría el sentido de la vida, por lo menos, momentáneamente, en dioses encarnados en elefantes y monos, y en diosas de múltiples pechos.

He aquí una página de mi cuaderno. Seguramente, en aquel momento, yo creía que algún que otro pasaje representaba la suma de la sabiduría humana.

Las nubes derraman su sustancia,
la tierra recibe y se renueva.
Dentro del cuerpo de la tierra
arraigan cuerpos nuevos.
El amor entre la mujer y el hombre
pertenece al mismo orden.
Porque un acto abnegado
de dar y recibir renueva
en los dioses la esperanza de creación.
Cesa su llanto y se preguntan
por qué hablaron alguna vez
de poner fin al mundo.

Un cuento zen:
—¿Puedo yo hacer algo para conseguir la luz?
—Lo mismo que para hacer que salga el sol por la mañana.

—Entonces, ¿qué utilidad tienen los ejercicios espirituales que recomiendas?

—La de asegurar que, cuando salga el sol, no te encuentre dormido.

* * *

Es difícil recordar las conversaciones cotidianas, que eran los puentes que tendíamos entre culturas, lenguas e historia. Íbamos y veníamos entre nuestros mundos o, por lo menos, la periferia de nuestros mundos, con la misma facilidad con que se va de El Paso a Juárez para comprar licor o medicinas. Yo le hacía de chófer y él, a cambio, se ofreció a darme clases de español. Casi todos los días, nos sentábamos a la mesa de la cocina, a conjugar verbos españoles con ayuda de una vieja gramática que Soledad se había traído de México. Yo era joven, y el futuro era el tiempo que mejor me entraba: Iré, irás... Siempre me faltó talento para vivir en el aquí y ahora, y en aquel entonces me dejaba transportar con facilidad a futuros luminosos e inasequibles. Había días en los que soñaba no sólo que me casaría con José Luis sino que compraríamos una casita en el Valle, viviríamos de judías pintas y tortillas y ayudaríamos a la revolución redactando en el ordenador boletines informativos para Centroamérica. Cada vez que yo me lanzaba por la autopista de los sueños, que siempre eran sueños acerca de José Luis, él me tiraba cariñosamente de las trenzas y decía: «Mary. Mary, ¿puedes oírme?» Recuerdo que yo interpretaba este gesto como otra «señal» de que estaba enamorándose de mí. Por todas partes se me aparecían señales. Y yo las atesoraba, pétalos de rosa que guardaba entre las páginas de mis días.

Otra costumbre nuestra que me hacía sentir que cruzaba el umbral de una vida más espaciosa que la que yo habitaba era la de sentarnos en el sofá al caer la noche, a beber café negro con melaza y hablar de la revolución de Nicaragua. No me preguntes qué decía yo. La política no podía importarme menos. Yo pertenecía a aquella generación que profesaba teorías vagas acerca de que lo primero que hay que cambiar es el corazón de las personas; nosotros podíamos permitirnos el lujo de creerlo así, y quizá haya algo de verdad en ello. A José Luis debía de parecerle delicioso. Al fin y al cabo, los dos éramos unos soñadores. La gran desgracia de José Luis fue que él y sus compañeros trataron de hacer realidad sus sueños, de insuflarles aliento. Los consideraban bendiciones y lo pagaron con la vida.

* * *

Otras cosas que guardaba en la caja de zapatos:

Una oración que Soledad copió del devocionario de Nuestra Señora y me envió por correo con instrucciones de rezarla por lo menos tres veces al día: Deseo, querida Madre mía, dedicarme a un trabajo de provecho que me permita satisfacer mis necesidades temporales sin peligro para el bien de mi alma.

Y una lista de la compra, con letra mía:

Ingredientes salsa (tomatillos, cebolla, chiles verdes, serranos, cilantro).

Ingredientes pupusa (masa de maíz, 1 lb. judías pintas, 1 lb. *mozzarella*).

Máscara francesa de arcilla verde.

Albuquerque Herald.

Comida gatos.

Bolsas basura.

Condones.

* * *

Soledad solía decir: la realidad es la masa de arcilla y la oración, el torno de alfarero. Yo la creía, porque a últimos de julio o primeros de agosto, no mucho después de que ella llamara para decirnos que rezaba por nosotros, José Luis y yo encontramos trabajo a tiempo parcial en la Ciudad Vieja. Él fregaba platos en la cantina, cuyo propietario no tenía inconveniente en contratar a «ilegales»; pagaba menos del salario mínimo, pero en efectivo y puntualmente. Yo sustituía a la dueña de una bisutería cuando ella estaba de viaje. Me sentaba detrás de un mostrador de cristal en el que había budas de jade en miniatura y rosarios tibetanos de amatista. Recuerdo que fijaba la atención en estos objetos, aspiraba mientras contaba hasta dos, contenía la respiración mientras contaba hasta siete y espiraba contando uno, dos, tres. Mi pecho se hinchaba, se inmovilizaba y se hundía, en una modalidad de concentración trifásica extraída probablemente de los libros de mística oriental. Pero la parte de mí que aspiraba a alcanzar el conocimiento, a estar en el presente, no poseía la virtud de la perseverancia. Empecé a usar las técnicas tántricas para burlar el calor en lugar de abrazarlo. Y, cuando no daba resultado, me ponía a soñar con el otoño. Pero era imposible mantener la fantasía.

El verano de 1982 todavía suena a crujido de hielo entre los dientes, todavía tiene figura de hoja parroquial doblada en abanico. El sol era rojo como el reloj de arena de la viuda negra, y la Ciudad Vieja se debatía prendida en la red del calor. Las noches eran hierro candente; casi no se oía más que el canto de las cigarras. Ya a primera hora de la mañana, el cielo centelleaba de un modo que no era natural, como un solar sembrado de vidrios rotos. Al salir de la tienda, esperaba a José Luis en el sitio más fresco: un banco de cemento bajo los sicómoros, junto al quiosco de la plaza, desde el que contemplaba los ritos del verano. Los comerciantes medían el calor tocando las paredes de estuco como se palpa la frente de un niño para comprobar si tiene fiebre. Al salir de misa, las viejas oteaban el cielo en busca de señales de lluvia, haciendo pantalla con la mano en mustio saludo.

A medida que las agujas gemelas de San Rafael se hincaban en el cielo y el aire caliente inundaba la tierra, los viejos del barrio acudían a los bancos de la plaza, tanteando la hierba con el bastón como elefantes con la trompa. Y, lo mismo que todos los veranos, se preguntaban si el calor no sería una señal del cielo, un castigo, por haber vendido tanta tierra a los gringos del Este. Cabezas relucientes de brillantina asentían. Los hombres se abanicaban con periódicos arrugados mientras sobre ellos las banderas de España, México y Estados Unidos ondeaban a brisas falsas. Las antiguas familias de la región

47

sobrellevaban el calor lo mismo que habían sobrellevado tantas soberanías: mitigando sus rigores en la medida de lo posible y esperando tiempos mejores, mientras, a fuerza de té helado, forjaban una solidaridad que duraba más que los reyes y las estaciones.

A veces, cuando terminaba su turno en la cantina, José Luis se agachaba a la sombra de los soportales a mirar los objetos de plata y turquesa expuestos en hileras de mantas. Acostumbraba a pararse delante de la esterilla de una vieja india navajo que, sentada en un precario trono de cajones de leche, esperaba su diaria cosecha de dólares de los turistas. A veces, los forasteros la rodeaban, impidiéndome ver a José Luis. Esto me inquietaba. Recientemente, la Patrulla de Fronteras había abierto una oficina en Albuquerque, que había sido declarada ciudad fronteriza, lo mismo que El Paso o Brownsville, es decir, que le habían ordenado que se vaciara los bolsillos y presentara la documentación. Yo temía que, si perdía de vista a José Luis, la patrulla podía llevárselo en una de sus furgonetas verde aguacate. Y no les hubiera costado ni el menor esfuerzo, porque iban armados hasta los dientes. Yo creía que mirando a José Luis generaba fuerzas protectoras; recordaba vagamente unos textos orientales que estaba leyendo acerca del poder de la observación atenta —lo cual no dejaba de ser paradójico, ya que la vista era el menos desarrollado de mis sentidos. Lo que para otros era añil, para mí era, simplemente, azul, y donde otros veían un verde metálico yo veía sólo verde. Es la pérdida de matices que sufre la vida de una mujer que no encuentra su propia realidad. Es ahora cuando puedo mirar atrás e iluminar las zonas descoloridas creando un mural en las paredes de la vida que habito.

Para localizar a José Luis, desarrollé un sexto sentido. Recorría con la mirada el mar de turistas y descubría una mancha de tela blanca entre la ropa color tierra que los turistas pudientes encargaban aquel año del catálogo de la república bananera. Aquel trozo de camiseta se convirtió para mí en una especie de holograma que me lo presentaba de cuerpo entero y en tres dimensiones. Y yo me aferraba a esta visión hasta que los turistas se iban con sus compras y con imágenes de una india «de verdad» en la cámara. Ahora, al recordarlo, me pregunto qué me inquietaba más, el temor a que la Patrulla de Fronteras pudiera ver a José Luis o que los turistas no pudieran verlo, por lo menos, en tres dimensiones. No; era moreno, un lavaplatos, un inmigrante ilegal. De haber hablado inglés, tampoco hubiera importado; hubieran seguido faltándole las credenciales que imprime un acento británico o francés. En toda la ciudad, los refugiados se hacían invisibles a cada golpe de la mopa o del rastrillo que usaban para limpiar habitaciones, patios y porches de motel. A diferencia de los refugiados ricos, que huían de su pasado y se compraban casas en Santa Fe, las personas como José Luis carecían de dinero para reinventarse a sí mismas. Y se convertían en espejos vacíos. Un leve susurro de español que se oye en el asador del restaurante.

Todavía tengo el anillo, un simple aro de plata, que José Luis compró a la india navajo. Me lo dio diciendo que era sólo un regalito de agrade-

cimiento por ser su amiga. Años después se lo
dejé a una médium que lo palpó con los dedos y
dijo que veía a un hombre con una cicatriz en la
frente que decía: Volveré. Anoche saqué el anillo
de la caja de zapatos y lo tuve en la mano con
los ojos cerrados hasta que también yo vi a José
Luis: estábamos abrazados en una cama de un
sótano. Me puse el anillo, inhalé y conté hasta
siete. Y llegué a ese silencio absoluto en el que
los treinta y cuatro caóticos fragmentos de tu
vida se ordenan, aunque sólo sea momentáneamente en un mandala coherente. Mientras espiraba recordé que José Luis había sido el primer
hombre que me había producido verdadero placer al tocarme, y hecho que mi carne revelara su
propia, indivisible verdad.

Yo estaba apoyada en la barandilla blanca del
quiosco cuando José Luis se me acercó y me
dijo: Toma. El anillo sólo se ajustaba a mi anular
de la mano izquierda; siempre he tenido más robustos los dedos de la mano derecha. Quería decir algo, romper el silencio, pero era como tratar
de dar a una piñata con una venda en los ojos.
No pude decir ni gracias. Por fin dije: Estamos
casados, ¿no?, con la revolución. Sí, ¿por qué
no?, dijo él, mientras una sonrisa le cruzaba la
cara borrando las huellas de miedo que tenía
marcadas. En aquel momento, comprendí que
José Luis veía y deseaba todo lo que habría entre
nosotros. Ahora lo recuerdo, mientras acaricio el
anillo, recuerdo cómo abrió la puerta.

*   *   *

50

Los montes Sandia se teñían de rojo al amanecer como si madurasen haciendo honor a su nombre. Aquí tengo una postal de los Sandia, así estaban aquella mañana, mientras José Luis y yo cargábamos la furgoneta marrón de Soledad. Dos amigos suyos se la habían pedido para una expedición de pesca. Atada al techo estaba la canoa que se curvaba sobre el parabrisas como un pico de águila. Las cañas asomaban por las ventanillas como antenas. Uno de los amigos de Soledad —no nos dijeron sus nombres— puso una pegatina Reagan-Bush en el parachoques trasero. En aquel entonces, la Patrulla de Fronteras no paraba los coches que llevaban pegatinas Reagan-Bush o Derecho a la Vida. Tampoco paraba a los blancos. Recuerdo que uno de los amigos de Soledad tenía el pelo rubio y llevaba gafas con montura de concha. En aquella época, en la que «expedición de pesca» significaba transporte de refugiados hacia el Norte, un blanco era un tesoro. Millones de años de codificación genética culminaban en una especie de liturgia, cuando el agente de la Patrulla de Fronteras agitaba la mano invitándolo a pasar sin detenerse en el puesto de control de El Paso.

Estoy tratando de recordar cómo fue que, después de que los amigos de Soledad se fueran, José Luis me besara por primera vez. Es como tratar de hacer una foto con veinte años de retraso. Por lo menos, recuerdo el olor —la salvia que quemamos en una concha marina, porque Soledad había llamado para decir que se le olvidó bendecir la casa al marcharse. Si por lo menos pudiera seguir la voluta de humo de la salvia hasta el momento... Lo cierto es que algunos de

51

nuestros momentos más tiernos son los que peor recuerdo. Es algo que tiene que ver con lo que dije acerca del sueño, de cómo las mujeres como yo huyen a veces, dejando que las palabras o las miradas de amor se evaporen en la acera caliente de un miedo sin nombre.

Conque perdona si idealizo; incluso una evocación sublimada es preferible al vacío, si te atreves a dar a tu vida lo que no le dio el mundo, un mito, un argumento. Además, a él nunca intenté reconstruirlo desde la memoria sino sólo desde el amor, que quizá sea la única forma en que una persona puede llegar a la verdad. Conque deja que cuente lo que pudo haber sido, y quizá se transparenten los hechos.

Estamos sentados cara a cara, con las piernas cruzadas debajo del cuerpo, en el sofá de Soledad, con tapicería *paisley*, tomando café en las jarritas azules. Veo a un hombre que no es el mismo que vi en el aeropuerto hace unas semanas. Me habla de lo que comentan los otros lavaplatos acerca de lo fácil que es entrar en el Canadá y encontrar abogado para solicitar asilo político. Dice que varios compañeros de trabajo le han invitado a unirse a su equipo de fútbol, el mejor de la ciudad, formado por guatemaltecos y salvadoreños. Me asombraba la forma en que José Luis había conseguido recuperar las piezas básicas de una vida del montón de escombros de la existencia del refugiado. Ganarse un jornal, enseñarme español, ayudar a los amigos de Soledad a traducir en hechos los principios de los derechos humanos: actividades que le daban la confianza del hombre que aviva una hoguera con el atizador, la dignidad que imprime la habilidad de generar luz y calor.

Él pregunta: ¿Nunca has besado a un hombre del que no conocieras el nombre?

Contesto: Conocía el nombre, pero no al hombre.

Trato de refugiarme en abstracciones, de hablar con una autoridad que no guarda proporción con lo que digo realmente. De deslumbrarle, para que no oiga el galope de mi corazón. Estoy a punto de conseguir lo que ansío y, mientras corro hacia el deseo, ante mí se tensa una cuerda de pánico. Soy toda balbuceos, sudor y colores que no casan: pantalón púrpura y camiseta verde de Nuestra Señora de Guadalupe. Después de estar tanto rato con las piernas cruzadas, me da miedo de que se me enrampe el dedo gordo del pie y se me agarrote todo el cuerpo. Entonces me da las gracias. Sí; esto ocurrió de verdad, me dio las gracias por compartir con él las tabletas del somnífero y por inventar un número de la seguridad social utilizando la numerología. Actos de solidaridad, dijo sonriendo con sus ojos castaños. Me tocó el brazo y me reí, bebí un sorbo del cáliz de felicidad que el universo me ponía delante de pronto. Me gusta tu risa, dijo él.

Sí, era risa de verdad, esa clase de risa que hace caer barreras dentro de ti. Y, al ver su oportunidad, cruzó una frontera más. Dulce colisión de labios y lenguas. Noté el sabor a *Kahlua*, y a manzanilla, y a otra hierba apenas conocida, cultivada y probada en otra vida.

Sí, creo que así ocurrió; aún *ahora* siento rebotar el eco de la alegría en las paredes de la cañada del olvido. Nuestras caras flotaban por encima de nuestros cuerpos, globos de helio unidos por la electricidad estática. Como una radio despertador, rompieron a cantar las cigarras. El tiempo se paró. Allí empezó un agosto inacabable que, años después, yo recordaría cada vez que encontrara olor y sabor a mar en la boca de otro hombre.

* * *

Agosto de 1982

Ha dicho que me quiere. Ha dicho que *me quiere*. (¡A mi primer novio tenía que suplicarle para que me lo dijera!) José Luis me ha besado, pero lo que ha dicho significa todavía más. Está sucediendo tal como yo sabía que tenía que suceder. Clases de español, un anillo que se ajusta al anular de mi mano izquierda, nuestros viajes en coche entre la casa de Soledad y la Ciudad Vieja. Pero, lo más importante de todo, la palabra amor. Sin ella, mis sentimientos se derraman por todas partes y después me toca a mí (y a mis amigos) enjugarlos con la bayeta. Ahora tengo un motivo para perfeccionar mi español. Tengo una palabra y una forma de vida que conjugar: quiero, quieres, quiere, queremos... ¡Una palabra que significa, a la vez, desear, *want* y amar, *love*! Dios, haz que esto dure. Que dure. Ya sé que parezco enloquecida, pero con razón. Espero la regla de un momento a otro y he encontrado el verdadero amor. El amor que encamina toda la vida en una sola dirección. Es demasiado. Su presencia en mi vida ya está ayudándome a olvidar toda la tristeza (¿cuál era la causa?) que durante tanto tiempo me había afligido antes de que él viniera a Albuquerque. Y, con la

54

fuerza del amor, yo haré que también él olvide. Que olvide la guerra de la que huyó, con la que dice que todavía sueña.

Esta mañana, cuando me han despertado las campanas de San Rafael, me he acordado de ayer. He sentido que una sonrisa me recorría todo el cuerpo, puro éxtasis. La idea de estar a su lado para siempre emborracha. Pero he de tener cuidado. He de quedarme en el presente. En cuanto me enredo en la idea del *para siempre*, de qué ocurrirá mañana, lo estropeo todo. Por mí, el universo podría rayarse como un disco de gramófono. Repetir y repetir el ayer por la mañana: del sofá a la cafetera y de la cafetera al sofá. (¡Y qué magnífico regalo sería!)

Del *Tao Te Ching*: El Cielo perdura y la Tierra resiste. La razón es que no viven sólo para sí; por eso viven largo tiempo.

*   *   *

No «hicimos el amor», es decir, no tuvimos relaciones sexuales durante semanas. Un algo perversamente católico mantenía nuestras exploraciones de cintura para arriba, la vieja religión ponía carga erótica en las más humildes superficies de piel: la parte interna del codo, la clavícula, las yemas de los dedos. Nos quedábamos en el sofá de Soledad, tocándonos, hasta las tres de la madrugada, la hora en que rasgaba la noche el grito del tren. Es tarde, mañana hay que trabajar, decía él. Pero yo no necesito dormir, no necesito comer, sólo a ti, contestaba yo. Me desincrustaba de él, me despegaba como una venda. Dolía la crueldad de los imperativos: la nece-

55

sidad de descanso, de alimento, de un salario, por pequeño que fuera. Si las horas fueran casas a las que pudiera uno mudarse, yo levantaría una pared alrededor de las dos de la madrugada, una pared de ladrillo contra la furia del futuro que todo lo desfigura. Él me revolvía el pelo y me pellizcaba las mejillas. Decía que tenía miedo de que me quedara dormida al volante al regresar a la Ciudad Vieja. Yo le aseguraba que no; después de estar con él, siempre ponía a todo volumen una emisora de rock. Él me tomaba de la mano y salía conmigo por el portal, bajo las lenguas de fuego de las ristras de chiles rojos. Abríamos la puertecita de madera podrida del jardín. Yo subía a la furgoneta y él me besaba en los labios y en la frente a través de la ventanilla, para desearme buenas noches. Si me pedía una tableta para dormir, le daba la mitad de la mía, un óvalo blanco no más grande que la uña del pulgar de un bebé. Yo tomaba una cada vez que estallaban las emociones, fueran buenas o malas, provocando una algarabía mental que no podía acallar por mí misma. Él decía que las tabletas le ayudaban a dormirse cuando las pesadillas lo despertaban y le disparaban el corazón. Nuestras mentes eran como antenas parabólicas abiertas a los murmullos de un oscuro universo. Nos bombardeaban señales que aún no podíamos descodificar.

* * *

Hasta que un día ocurrió, ocurrió. Te quiero, José Luis. Te quiero, María. Nos abrimos el uno al otro como libros sagrados, español a un lado, inglés al otro, verdades con traducción simultánea. Recuerdo el aroma de nuestro sudor, dulce como la albahaca, cuando nos abrazamos en la cama del sótano. Lindita, mamacita, negrita, palabras de amor que desafían la traducción. Sus manos exploraban lo más hondo de mí. Cuando encontró lo que buscaba, gemí, sentí frío y sentí calor, como si en mí se sucedieran las estaciones. Minutos después, entró, se crispó, suspiró. Después encendió el cigarrillo en la lamparilla del Sagrado Corazón de la mesita de noche. En la oscuridad, me frotó los pies con aceite de almendras y habló de los sucesos de El Salvador. La noche antes, los dos habíamos soñado con su país. Yo dije: José Luis, anoche soñé que estaba allí, olía a buganvilla. Él dijo: Yo también soñé que estaba allí, mi amor, pero lo que yo olía era fósforo blanco, napalm.

Se quedó despierto, hablándome. Y no sentí las dudas que mortifican a las mujeres cuando, después del amor, el hombre se queda dormido, dudas tenues pero peligrosas como las fibras de amianto. A veces, abrazados, escuchábamos la radio de onda corta que habíamos bajado del alféizar de la ventana de la cocina. Recuerdo a un comentarista de la BBC que hablaba de África del Sur y cómo sus descripciones estallaron como copas de cristal cuando sonaron los gritos de dolor de una mujer. Pero, a medida que la cama se alejaba, mecida por la marea del sueño, se amortiguaban los sonidos. Abrazada a José Luis, con la cabeza apretada contra su pecho, yo me aferraba a la noche, para que no se me escurriera entre los dedos. A veces, me sentía triste. Con frecuencia, el acto sexual me defraudaba.

Podía llegar a parecer una operación mecánica, un montaje de piezas lineal, algo muy alejado del placer creativo que experimentábamos con nuestras primeras caricias, en lo que fuera etapa de la pintura rupestre de nuestras relaciones carnales. Quizá, de haber deseado yo un hijo, hubiera sido diferente. Quizá entonces, el acto, con su audaz sometimiento del presente al futuro, hubiera llegado al núcleo encendido de mi ser. Pero ya estoy otra vez engañándome a mí misma. Mintiendo. Después de que José Luis se fuera, durante mucho tiempo, seguí creyendo que un hombre podía llegar a la esencia de mi ser, llenarme. Durante todo aquel tiempo, podría haber estado escribiendo, avivando mis fuegos interiores, para volver al mundo purificada y fuerte.

Ya ves, yo era una de esas mujeres que nunca están mejor que cuando ansían algo con todo su corazón. La danza nupcial, el deseo y el coqueteo, la entrega, la manipulación... para estas cosas era buena; tan buena era en la persecución que, cuando conseguía lo que quería, aparecía el terror. Un terror que se cubría con la estúpida máscara de la decepción.

* * *

Ésta es una poesía que escribió José Luis, fechada el 13 de agosto de 1982. Me hizo traducirla a modo de lección de español. Teníamos diccionarios en la mesa de la cocina. Nos pasábamos horas y horas yendo de palabra en palabra abriéndonos camino por las fronteras del idioma sin pasaportes ni visados. Yo escondía en un cajón de calcetines todas las poesías que él me escribía. Los sentimientos que sus poesías engendraban en mí en nada se parecían a lo que había sentido antes. Sus palabras y las de sus poetas admirados me hacían desear vender cuanto tenía, dedicarme a pasar de contrabando a refugiados, encadenarme a la verja de la Casa Blanca para protestar por cualesquiera políticas del Gobierno... sueños románticos, sí, pero que van de la mano de la resistencia. El espacio de la mesa de la cocina que despejábamos para nuestras traducciones, cerca de las carpetas con los recortes de periódicos que hablaban de El Salvador, era un círculo mágico. Estaba más allá de la ley y el orden.

Número 1

la noche se quita sus negras sedas
es el primer día del mundo
amor, amante
abro tu puño dormido
tus manos sobre mi pecho
sueltan sus áloes
se borran las cicatrices
resplandece nuestra carne
ni vencidos ni vencedores
cuando las guerras terminan
sólo supervivientes
que se abren los brazos
unos a otros
para volver a empezar.

J. L. Romero

*   *   *

En la época en que llegó José Luis, muchos ciudadanos de Estados Unidos empezaban a hacer viajes a El Salvador en grupos llamados delegaciones. Se reunían con monjas y sacerdotes, sindicalistas, estudiantes, gentes del campo... aquellos cuya vida el Gobierno consideraba prescindible, es decir, los pobres, es decir, la mayoría de la población de El Salvador. Cuando las delegaciones regresaban a Estados Unidos, sus miembros hablaban a todo el que quería escucharles, en parroquias, en casas particulares y en universidades. José Luis y yo estábamos entre los que asistían a aquellas charlas. Llegué a adquirir mucha práctica en cuchichear traducciones y hacer resúmenes instantáneos. A veces, exhausta, echaba mano del *spanglish*, iba soltando palabras en español, como puntos de un dibujo numeral, y José Luis trazaba las conexiones, perfilando la forma de lo que quería decir el orador. No tuve necesidad de traducirle, empero, la tristeza de la voz del estadounidense que fue a El Salvador para enterarse de *la situación* y regresó con un recuerdo de pura maldad. Así perdían muchos la inocencia y quedaban con un vacío que unas veces llenaba el olvido y otras, la cólera, una cólera que en muchos casos se trocaba en compromiso.

Un sacerdote que acompañó a una delegación de Albuquerque, regresó con cartuchos de bala en los que estaba grabado el nombre de la ciudad estadounidense —no recuerdo cuál— en la que habían sido fabricados. Aproximadamente un mes después, el clérigo se desprendió de todos sus bienes y volvió a El Salvador para quedarse a trabajar por los pobres. No eran casos aislados sino que formaban lo que sería una especie de movimiento, ciudadanos estadounidenses que abrazaban «la opción de los pobres». Los teólogos de la liberación decían que ésta es la manera en que Dios interviene en la Historia. Estas conversiones eran reacción a atrocidades, casos de salvadoreños torturados, mutilados, hambrientos, enfermos. Cuando oía aquellos relatos, me sentía afortunada. A mi madre se la había llevado el cáncer y a mi padre, la infidelidad. Eran pérdidas naturales. O eso creía yo entonces.

Una tarde, al salir de la iglesia de San Rafael, donde había hablado el miembro de una delegación, José Luis y yo nos sentamos en la escalera del quiosco a mirar cómo se encendían una a una las falsas farolas de gas. El último sol lacaba de cobre las paredes de adobe de las tiendas de la Ciudad Vieja. Los americanos nativos[1] doblaban sus mantas de lana y cargaban las cajas de los adornos en las furgonetas. José Luis me tomó una mano y se la llevó a los labios. Luego, bostezó y se desperezó tendiendo hacia los últimos rayos del sol unos antebrazos robustecidos por interminables tardes de fregar platos. Volvió a tomarme la mano y resiguió las líneas de la palma. Sin que yo supiera por qué, me miró y me preguntó si podía llamarme María. Pues claro que sí, le dije, es Mary en español. No, dijo él, Mary es María en inglés.

*   *   *

1.   Denominación que actualmente sustituye a la de «indios» que algunos consideran peyorativa.

Los pocos amigos que tenía en aquella época de mi vida dejaron de visitarme; debió de cundir el rumor de que Mary estaba enamorada. Sabían que no saldría de la casa, la casa que yo me había dibujado con lápices de los colores primarios y que llamaba amor. La primera vez que me enamoré mis amigos trataron de decirme que no era real. Para demostrarles que se equivocaban, dibujé un ojo de cerradura en la puerta y les invité a mirar. Ya lo estáis viendo, les dije.

*   *   *

Agosto de 1982

No puedo dejar de soñar con casarme con José Luis. Es lo más natural. El matrimonio sería la manera de matar dos pájaros de un tiro; podría salvarlo de la deportación y ayudarle a empezar por fin una vida nueva. Podría hacer algo útil con mi vida al tiempo que le imprimía estructura y dirección. Además, prácticamente ya vivo con él. O estamos en casa de Soledad o yendo y viniendo de la Ciudad Vieja. Ahora tiene trabajo casi fijo en la cantina. (Allí ha conocido a otros refugiados, entre ellos, un hombre de su pueblo.) Para él, la plaza es como un tercer hogar, después de la casa de Soledad, y después de El Salvador.

Qué diantre, quizá deberíamos vivir juntos. Eso simplificaría mucho las cosas. No tendríamos que pasarnos media vida en la camioneta. Podríamos dedicar más tiempo a traducir poesía, que es cuando más feliz parece. Lo malo es que no sé si eso de vivir juntos podría llegar a convencerme. Y es que yo todavía creo en el matrimonio... por muchas veces que tengas que probar antes de acertar. A pesar de que tengo entendido que la mayoría de la gente de mi edad descartaron la idea del matrimonio junto con la teoría de que la Tierra es plana. Es violento. El que ha sido católico siempre será católico. Te rebelas y rebelas contra los estúpidos preceptos de la Iglesia, pero la verdad es que no te molestarías en rebelarte si en el fondo de tu corazón no sintieras que había algo contra lo que merece la pena rebelarse.

La misma Soledad dice que, si se casara por cuarta vez, haría que uno de sus amigos jesuitas radicales oficiara la ceremonia. Además, hoy en día eso de vivir juntos parece algo corriente. (¡Y demasiado corriente ha sido ya mi vida!) Y la Ciudad Vieja es como un pueblo anticuado. Si míster Baca se entera de que su inquilina vive en pecado (y, además, enfrente de la iglesia), quién sabe lo que podría ocurrir. Todavía me preocupa lo que la gente pueda pensar... como si los demás no tuvieran también sus pecados secretos. Es ridículo.

(Pero si, por un milagro, José Luis y yo nos casamos, quiero escribir mi propio juramento. Es peligroso que una pareja prometa que seguirá casada hasta la muerte. Es mejor jurar que seguirán juntos hasta que muera su matrimonio, y hacer cuanto esté en su mano para mantenerlo vivo. Si no ves el matrimonio como una planta frágil y necesitada de cuidados, te expones a tener un disgusto.)

Vale más que me acerque a la cantina. José Luis va a terminar el turno y a esta hora sirven cerveza a mitad de precio. Hemos tomado la costumbre de ir a la cantina por la tarde. Es muy bonita. Hay santos de madera en hornacinas en las paredes de adobe y velas encendidas por todas partes. Allí nos sentimos seguros. José Luis dijo que, en la oscuridad y entre tantos santos, no se nota que es ilegal. Yo le contesté que en el mundo no hay ningún ser humano ilegal. Él me llamó otra vez romántica y me dijo que fuera a contarles eso a las autoridades.

Una cosa que me preocupa es que últimamente bebe mucho. La semana pasada se tomaba hasta cinco cervezas cada tarde. Le dije que no es bueno beber demasiado y a la vez siguiente se quedó en dos cervezas. Me parece que lo hizo no para cuidarse sino para complacerme. Eso no me gusta. El fin es el mismo, pero no el medio. Cuando más lúcida estoy quiero que él ponga sus necesidades por encima de las mías. Esto es lo que me revienta del amor. Poco a poco, empiezas a renunciar a las cosas y a portarte como un buen padre o una buena madre. Pero le quiero tanto que merece la pena. No había sentido esto por nadie.

DOS

Ojalá hubiera forma de decírselo. Decir a María: Te estás inventando a José Luis. Y tu invención puede ser muy diferente de la persona que soy en realidad. Ella ve mis cicatrices y piensa que fui valiente por haber sobrevivido. No comprende que no siempre hay que ser valiente para sobrevivir a las agresiones más brutales. Por desgracia (¿o por fortuna?), muchas veces, las heridas empiezan a cicatrizar aunque tú no quieras, aunque prefieras morir en silencio en un rincón de la celda. A veces, puede más el instinto de supervivencia del cuerpo que los afanes de la mente y el espíritu.

Me gustaría poder decirle: Nada de lo que he hecho exigía valor. Cuando te disparan, no necesitas ser valiente para ponerte a cubierto. Los animales lo hacen. A mis compañeros y a mí nos disparaban, y nosotros nos escondíamos. Y, cuando no estábamos esquivando las balas, preguntábamos quién las fabricaba y las vendía, quién las compraba y por qué siempre acaban en el corazón de los pobres. Tratábamos de descubrir estas cosas, de usar la inteligencia, la razón. Mis compañeros del seminario y yo somos gente de libros. Leemos la Biblia. Nosotros no hemos respondido al grito de las armas sino al de la Palabra hecha carne en acción. Qué ingenuo parece ahora. Como un sueño de poetas y aspirantes a místico de la lejana América del Norte.

Para encontrar valor, hay que buscarlo en el corazón de los que se fueron a las montañas con sus propias armas. Los rebeldes dan de comer al pueblo y le enseñan a leer y escribir. Pero también le enseñan a defender lo conquistado. Ahí reside el valor, en optar por no ser mártir. Creí que también yo había elegido esa opción al venir aquí. Y durante el día, cuando hablo con los otros lavaplatos acerca de su situación o ayudo a los voluntarios a traducir las consignas de los derechos humanos, sé que estoy haciendo lo que debo. Utilizar las palabras para educar a quienes pueden influir en el Gobierno de los EE. UU. Pero por la noche, cuando no puedo dormir, empieza el tormento. Pienso en los amigos que duermen al pie de las ceibas o en suelo de tierra, en celdas de bloques de cemento. Me angustia la duda de si hice lo que debía. De si no debería estar en mi país, combatiendo. Con palabras. O con las armas.

A veces, es tan grande la angustia que recurro a María en busca de somnífero, o de sexo, o las dos cosas. Sexo para evadirme o, por lo menos, para poder volver a respirar, para calmar el frío que me hace temblar por dentro. Y, a la mañana siguiente, tengo que sufrir el remordimiento de haberme aprovechado de ella. No sería tan grave si a ella le gustara el sexo por el sexo. Pero ella está enamorada de mí.

O quizá está enamorada de la idea que se ha hecho de mí. Un refugiado, un disidente, portavoz de una causa de la que ella poco o nada sabe, ignorancia a la que parece resignada. En su mente, ella trata de separarme a mí de mi historia. Piensa que si ama a mi yo «real», el yo de antes de la guerra, podrá borrar mis recuerdos de la guerra. Muy americano. Pensar que en la tierra prometida se puede rehacer a las personas desde cero dejando atrás el viejo yo. Estoy seguro de que cree que con su amor conseguirá hacer desaparecer las heridas que tengo dentro.

Y, a mi manera, también yo la quiero. La quiero porque cree que puedo ser un hombre entero, porque me quiere a pesar de que en gran medida no soy sino una quimera. Mi María tiene un corazón tan grande como esta casa.

Da mucha importancia a que yo lea la Biblia. Dice que ella «se ha apartado» de la vida espiritual. Me duele que hable de mí como si fuera un semidiós. No admite que pueda tener defectos. Y esto es lo que más me preocupa, que quiere que yo la salve. Habla de lo hermoso que es nuestro amor, de lo maravilloso que sería tener una casita en el Valle y traer a mis amigos y parientes de El Salvador. Una mujer que habla de este modo al mes de iniciar una relación es que quiere que la salven. De qué, no lo sé.

Si lo supiera, por lo menos podría ofrecerle consejo. Pero María no quiere consejos. Quiere una identidad nueva. Eso es mucha carga para mí. Gracias que pueda mantenerme en mi sano juicio tal como están las cosas, y no digamos si pierdo la esperanza de poder regresar a mi país. ¿Cómo le digo esto? ¿Dejo que las cosas sigan lo mismo hasta que se desmoronen? El calor de su carne tiene el poder de hacerme olvidar. Pero el mismo efecto tiene el alcohol. ¿Estoy sirviéndome de ella? ¿O se sirve ella de mí cada vez que me mira y ama lo que no está ahí?

J. L. ROMERO

* * *

Hasta ahora no me había atrevido a traducir ni una línea del *Diario* de José Luis. Debí enterrarlo sin más. Así me hubiera ahorrado el dolor de tener que abrirlo para identificar los restos. Al marcharse me dejó su cuaderno porque temía que las autoridades lo usaran contra él si se lo encontraban encima y deducían su verdadera identidad. Ahora, al cabo de tantos años, me han trastornado las palabras escritas hace tiempo por un hombre de quien yo no sabía ni el nombre. Un nuevo testamento es lo único que se necesita para distorsionar el tiempo, para poner en tela de juicio el tomo pulcramente encuadernado de trivialidades y revelaciones que creías que era tu historia. Hizo bien en dejarme su cuaderno. El cuaderno no ha traicionado la identidad del hombre. Pero está traicionando la mía, presentándola ante un tribunal del que yo soy juez y jurado.

Antes he dicho que me había perdonado a mí misma; no es verdad. Al mirar atrás veo a una mujer ingenua y triste, que acudió a un refugiado para que la salvara del miedo; ese miedo que destruye, célula a célula, que te va minando, ignorado, innominado. No; no me he perdonado por haberme engañado a mí misma, como tampoco le he perdonado a él. Ya ves, la historia es más complicada de lo que yo he dejado entrever, de lo que me proponía dejar entrever. Durante todos estos años, he estado diciéndome que regresó a El Salvador y que las autoridades lo detuvieron y lo mataron; es lo que ocurrió a la mayoría de los salvadoreños que fueron deportados. Pero la verdad es que no sé qué ha sido de él.

Durante todos estos años, he evitado dar a José Luis su verdadero nombre: desaparecido. En mi altar tendría que haber una foto suya, con la fecha de su nacimiento y un interrogante para la fecha de su muerte debajo de su cara. Pero soy una cobarde. No me he atrevido a poner un interrogante y mucho menos, a vivir con él un día sí y otro también. Pero Dios es más sabio. Él me grabó el interrogante en el corazón y se quedó vigilando hasta que yo pudiera despertar y gritar. José Luis desapareció. Él se sustrajo a la ley natural de las cosas según la cual una persona tiene que estar o viva o muerta, y esto no puedo perdonárselo. Como no puedo perdonarme a mí misma quererle ahora, con veinte años de retraso, del modo en que no podía quererle cuando esperaba que se lanzara a las aguas oscuras de mi vida para salvarme.

* * *

Hace seis días que no toco esta historia, que ni me acerco al papel. Es lo que ha tardado en disiparse mi resentimiento por haber contado la parte de la historia que tenía intención de callar. Resentimiento, porque, al contártela a ti —quienquiera que seas— he vuelto a abrir la herida y me he contado la parte de la historia que esperaba poder ocultarme a mí misma, la parte del desaparecido. Pero las palabras silenciadas estaban convirtiéndose en garfios que se me clavaban en la garganta. Cuando se empieza una historia hay que contarla entera, o te mata. Si no le das salida, se apodera de ti y la revives una vez y otra, interminablemente, mientras te figuras que haces algo nuevo. Y entras en un círculo que no es vida sino estancamiento y mueres girando en una rueda catalina que tú misma te has fabricado.

* * *

Empezaron a pasar cosas. A veces, no venía, a veces, no me decía: Te quiero, ausencias que causaban heridas pequeñas, como el corte que hace una hoja de papel, pero que se acumulaban. Posiblemente, estas ausencias se habían producido desde el principio, eran los altibajos normales en cualquier relación. Pero, en un momento determinado, empecé a darme cuenta de que se apartaba de mí y pensaba en otras cosas, y el miedo empezó a roerme el corazón como el ácido de una pila. También puede ser que eso de que se apartaba fueran sólo figuraciones, que yo estuviera imaginándolo todo. Ya ves, el miedo provocado por un mito es el que mejor me sale. Es posible que durante todo aquel tiempo José Luis no hiciera sino aproximarse a mí. Cortaba flores del jardín de Soledad y me las traía con los tallos envueltos en papel de aluminio: una de tantas pequeñas atenciones. Pero estas cosas sucedían sobre un trasfondo de transitoriedad, la convicción de que, para sobrevivir, a veces, uno tiene que huir de aquello que ama. Y esto me aterraba. Su cuerpo estaba marcado al rojo con la ecuación: Amor igual a Fuga.

A veces, nos veíamos en mi casa de la Ciudad Vieja, la casa de barro, cocida y cuarteada por el sol. Yo cubría las ventanas con las gruesas láminas de plástico que en invierno pegaba con cinta adhesiva para aislar la casa y con el mantel de encaje que había colgado de la barra de la cortina, pero no era suficiente para protegernos de las miradas de los turistas que a veces confundían mi casa con una tienda, por lo que clavaba al marco de la ventana un trozo de lamé de oro estampado con caracteres farsi rojos. No sé qué querían decir aquellos caracteres. Un hombre que vendía piezas para lámparas en el mercadillo la tenía entre su mercancía; no sabía de dónde procedía, pero me juró que tenía el color de la suerte. Eran bonitas aquellas letras ahorquilladas. El sol que se filtraba a través de ellas teñía mi dormitorio de amarillo dorado; me parecía moverme entre llamas. Y con aquel calor y aquella luz, nosotros copulábamos como los dos últimos animales de la Tierra. Nos dábamos lengüetazos como dos cobras. Nos enroscábamos jurando no soltarnos jamás. El miedo a que un día él me dejara me corría por las arterias. El miedo era mi yoga, me relajaba los miembros y dilataba mi respiración. Abría mi tercer ojo a la miríada de posibilidades que ofrecían unos colchones deformados sobre un entarimado del siglo XIX.

Era asombroso el silencio del cuarto dorado, de paredes azules y marcos blancos. Como mucho, nos hablábamos en susurros. Para mantener la habitación lo más fresca posible, dejábamos abierta la puerta de la calle. Un sarong de Bali, del color de la piel del albaricoque e igual de fino estaba colgado de la mosquitera; era lo único que nos separaba del vocerío de los turistas. En silencio, leíamos el braille de nuestros cuerpos. En silencio, él se ponía encima de mí y se abría camino. Después susurraba: Te quiero. Te quiero, le decía yo. Recuerdo cómo estas palabras me subían y bajaban por los muslos, cómo, con el tiempo, no evocaban felicidad sino un placer estremecido. Y es que, sabes, después de un momento determinado, nada que se pareciera a la paz me inundaba en aquella habitación, salvo, quizá, la luz dorada y turbia. No; todo era estremecimiento, como el que puedas sentir al saltar en paracaídas, un placer asociado al miedo. José Luis relajaba el cuerpo y me besaba los párpados y la nariz. Estoy segura de que le apetecía descansar. Pero yo me excitaba y lo excitaba y volvíamos a empezar. Aún hoy no estoy segura de qué me excitaba más, si el sexo en sí o el sexo como símbolo, emblema de una unión que era más preciosa porque tenía que romperse. Yo rezaba para que se quedara, pero comprendía que no se quedaría, que me dejaría por su guerra o por otra mujer. Las células de mi madre peleaban entre sí en una guerra civil que se la llevó de mi lado. Cuando yo tenía tres años, una mujer se llevó de casa a mi padre. Esta historia no trata de ellos, pero sería una falacia ocultar el papel que sus fantasmas desempeñaron en mi vida, que quizá todavía desempeñan; yo tenía que convertir el abandono en algo hermoso. Mucho antes de que José Luis me dejara, yo utilizaba el sexo para soldar nuestros cuerpos en una estatua de bronce magnífica que, aunque se rompiera, cada fragmento podría sostenerse solo.

Recuerdo cómo daba vueltas la habitación después de que nos amáramos. Siempre lo mismo: para ahogar aquella extraña sensación de pánico, yo me levantaba, me vestía, ponía la emisora de música clásica y descolgaba de la ventana la tela dorada. Lo que hubiera podido ser un bello ritual se convirtió en una serie de operaciones mecánicas. Yo quitaba la tela y la doblaba como se dobla una bandera. Supongo que era la manera de conseguir que la habitación dejara de dar vueltas, aunque yo nunca hubiera reconocido que el acostarme con José Luis estuviera desencadenando en mí algo parecido al caos. El caos que crea o que destruye mundos, no sé qué viene antes.

Mira, el amor verdadero es silencioso como la nieve, ajeno al caos, difícil de describir. Quizá ésta sea la razón por la que no he mencionado al hombre con el que mantengo relaciones desde hace un año, o será que nuestro amor es todavía muy nuevo como para haber adquirido un significado que no sea el puro placer. Nuestro concepto de un buen plan es cama y desayuno en el norte de Nuevo México donde él trabaja para el Estado aislando las viviendas de las personas de renta baja y de la tercera edad. Viene en fines de semana alternos, y el tiempo que pasamos juntos es alegre e intrascendente. Sus padres eran supervivientes del Holocausto. Ama la vida de ese modo peculiar de quienes no reverencian la autoridad porque ven más allá de sus pretensiones, de su necesidad de reglamentar y aplastar la vida. Cuando viene a verme, me cuenta cómo ha desafiado a la burocracia del Estado aislando casas de formas distintas de las prescritas por el reglamento y utilizando los materiales más a mano. Sus relatos poseen una simplicidad propia de la filosofía zen, que tiene la virtud de exorcizar esas fuerzas interiores que dicen continuamente: *calla, no lo cuentes* y que impiden a las mujeres como yo decir la verdad acerca de su vida.

* * *

Fotografía del altar de mi dormitorio de la Ciudad Vieja: Santo Niño de Atocha, sentado en su trono, que se pasa las noches caminando de un sitio a otro haciendo buenas obras. Incensario en miniatura de los indios pueblo; cuadrito de Nuestra Señora de Guadalupe de Nogales; diosa africana de la fertilidad, con la cabeza negra como el carbón y en forma de pan de pita; frasco de elixir dental lleno de agua que Soledad hizo bendecir por un sacerdote; una lata de película llena de tierra curativa del santuario de Chimayó. Me gustaba que José Luis y yo nos amáramos en presencia de mis santos. Sabía que bendecían mi amor, aunque fuera imperfecto, aunque fuera disparatado. No eran como el Dios blanco al que había tenido que matar, al que las mujeres como yo tenemos que matar, para no renunciar a la esperanza de encontrar a Dios algún día. Durante mucho tiempo, nada lo sustituyó. Pero ahora, al mirar atrás, veo que el caos que crecía dentro de mí calcinó mucha maleza y, aunque violentamente, despejó un espacio en el que Dios pudiera volver a nacer.

* * *

Son muchos los momentos de los que preferiría no hablar, pero en esta noche oscura de remembranzas se abren como flores nocturnas. Me recuerdo sentada a la mesa de la cocina, esperando su llamada y contando los cuadros rojos y blancos del mantel. Una voluntaria que lo había acompañado a ver a un abogado lo había invitado a cenar. Era una de esas mujeres que lo sabían todo de El Salvador, que comían, bebían y dormían con El Salvador y querían traer al mundo a otro salvadoreño. Por lo menos, esta mentira me contaba yo para justificar mis celos y mi miedo. En vista de que no me llamaba, me hice un ovillo y me quedé quieta hasta que la noche echó su red y me arrastró al sueño. Otra noche mantuve el dedo encima de la llama de la lamparilla de la Virgen de Guadalupe para ver cuánto podía resistir. Él no llamó y mi mundo se consumió. Postura fetal. Una ampolla en el dedo. O cuando llamaba y no me decía: Te quiero. Entonces me hundía, confundía una parte de mí con el todo, un error que desgracia la vida de muchas mujeres. Pero me faltaba valor para decirle lo que sentía. Cuando por fin llamaba, nuestras conversaciones venían a ser esto: María, quería llamarte antes, pero tuve que ayudar a unos amigos a traducir Consignas de Acción Urgente después de la reunión. Una colaboradora del programa de alfabetización de El Salvador ha encontrado cruces rojas, la señal de las brigadas de la muerte, pintadas en las paredes de su casa. Hemos empezado una pirámide telefónica. Cada uno de nosotros llama a dos amigos, para pedir que envíen telegramas a la embajada... No tienes que disculparte, José Luis. No es tan tarde. Estaba leyendo horóscopos.

* * *

CONSIGNA DE ACCIÓN URGENTE

Relación de los HECHOS CLAVE ocurridos en El Salvador durante el mes de AGOSTO. 5.8 Guerrillas entran en Belén, al norte de la ciudad y celebran asambleas públicas. 6.8 Veintiséis familias ocupan la hacienda abandonada Aragón en San Vicente. 8.8 El arzobispo José Grande denuncia la destrucción de cosechas perpetrada por el Batallón Mixteca (entrenado en la Academia Militar de las Américas, en Fort Benning, Georgia). 13.8 Autoridades de la Iglesia católica anuncian que probablemente el presupuesto militar de El Salvador aumentará el año próximo en un 4 por ciento. La cantidad destinada a pagar la deuda exterior se incrementará en un 400 por ciento. 20.8 Tercer aniversario de la matanza de Santa Ana. 25.8 Sesenta familias de pueblos situados al norte de San Vicente denuncian el bombardeo de su zona por el ejército. 30.8 El arzobispo Grande anuncia el informe de su comisión sobre los derechos humanos. De las entrevistas mantenidas con testigos supervivientes se desprende que en El Cordero el ejército hizo una matanza. No hay cifras exactas de muertos, pero podrían ser cerca de 200. Funcionarios del Departamento de Estado de EE. UU. cuestionan el informe de la comisión y critican a los periodistas norteamericanos que han viajado al lugar de los hechos. Se cree que en ellos está implicado el Batallón Mixteca, entrenado en EE. UU.

ACCIÓN URGENTE: escribir cartas corteses al presidente Alfredo Amérigo (por correo certificado, dirección en la segunda página) solicitando la liberación de la catequista Margarita Bautista, detenida por la policía del Tesoro hace más de un mes, después de que hablara en una manifestación por la paz celebrada delante de la catedral de San Salvador. Enviar copias a la Casa Blanca y a vuestros representantes. Ver en el reverso lista actualizada de desaparecidos y ejecuciones extrajudiciales.

* * *

Septiembre de 1982

1. Hervir lavanda en agua y bañar la cara en el vapor (la lavanda armoniza cuerpo y alma). 2. Hacer lista de gestiones para buscar trabajo. 3. Veinte minutos de meditación ONG NAMO GURU DEV NAMO. 4. Visitar a enfermos o ancianos o unirte a una causa. 5. Salir de ti misma.

Como no me llama, hago una lista, para no hundirme. No me hundiré si me atengo a la lista. Si me atengo a la lista, me olvidaré de él y entonces crearé el karma que le permitirá llamar.

Ahora recuerdo por qué, cuando yo iba al instituto, acostumbraba a escribirme cartas («Querida Mary») si estaba contenta. Las metía en un sobre, lo cerraba y, cuando me sentía triste y de-

79

caída, lo abría. Siempre había algún párrafo para levantar la moral, recordatorios de momentos divertidos y listas de cosas que hacer. Siempre me decía: «Te prometo que eso no va a durar siempre» y firmaba: «Tu verdadero yo.»

En este momento, mientras escribo, no puedo recordar a mi verdadero yo. Es terrible querer tanto a una persona que llegues a perder a tu verdadero yo en el tumulto. No consigo recordar al yo que adora septiembre, los paseos y la lectura. Es increíble el ruido que hay fuera. Oigo los cascos de los caballos que tiran de los coches por la plaza, las campanas de San Rafael, el «tiroteo» que se organiza todos los días para los turistas delante del *saloon*. Comprendo que me sentiría mejor si saliera. Pero mi cuerpo no se deja convencer.

En momentos como éste, me gustaría tener un *hobby* o una causa política. Mi madre me decía: «Desarrolla tus recursos internos.» Hubiera tenido que hacerle caso. Así superó ella el abandono de mi padre. Y así superó la muerte. Leía *best-sellers*, hacía retiros en los franciscanos, archivaba las *Memorias* que Soledad le enviaba desde México, hasta aprendía danzas populares y decía sin amargura que, de haber empezado antes, no hubiera tenido cáncer, pero que por lo menos ya lo sabía para la próxima vida. Gracias a Dios, yo por lo menos tengo este cuaderno. Sé que, mientras pueda mover la mano por el papel, no me moriré de depresión.

* * *

Aquí tengo una foto en la que estamos José Luis y yo, sentados en el banco de adobe que hay delante de la iglesia de San Rafael, con la risa congelada en los labios. Detrás de nosotros, en el porche de la rectoría, hay un derroche de rosas. Con sus párpados tibetanos y sus pómulos mayas, José Luis parece un dios, uno de aquellos ídolos de obsidiana que los nativos enterraban debajo de los santuarios católicos y veneraban en las mismas barbas de los sacerdotes. Él me había puesto una rosa en la oreja, un capullo que se abre como la boca de un niño hambriento. Yo llevo una camiseta lila, que había escotado con las tijeras, para que fuera más fresca. Me había resbalado hacia la derecha y asoma el borde del tirante de un sujetador negro. Tengo el pelo largo, negro con reflejos rojizos y la piel de aceituna. Cuando aquel turista nos hizo la foto con mi cámara, mi cara tenía esa hermosura fugaz que florece en las muchachas el verano antes de que ocurra algo que las hará madurar, el verano que precede a la primera tierna cosecha de sabiduría. Es una belleza que recuperas mucho después, si eres capaz de renunciar a toda la sabiduría adquirida y volver a empezar.

Ahora, al mirar a José Luis, veo que su cara había envejecido muy pronto. Refleja esa sabiduría que a veces prefigura la muerte. Las arrugas, lo mismo que las rayas de la palma de la mano, parecen grabadas por el destino, no por la vida. Lo curioso es que sus ojos, que habían visto demasiado, están llenos de risa y olvido. Debíamos de habernos amado hacía poco. La foto es la prueba: yo podía sacarle la guerra del cuerpo durante unas horas; es decir, que alguna fuerza tenía. Pero entonces yo no sabía nada de las artes de curar. Nadie me advirtió que la guerra salía de su cuerpo a través del mío ni que la corriente de sus recuerdos fluía por mí a una tensión peligrosamente alta. Mira, incluso en esta foto llena de felicidad mis ojos son duros como puntas de flecha. Pero no puedo mentir, no puedo decir que nadie me advirtiera. Soledad lo intentó. Yo la escuché pero me negué a oír. Lo que me dijo no me hizo mella, ni entonces ni después.

* * *

Quizá sea María. Quizá mi María deba ser mi mujer. Podríamos tener hijos. Volver a empezar. Casarnos por el rito cuáquero. Yo podría avenirme a eso. María no acepta que su Iglesia no ordene a las mujeres, y estoy seguro de que Dios está de acuerdo con ella. Educaríamos a nuestros hijos en la religión cuáquera, tendríamos que buscar una vivienda en el Valle, cerca de la capilla cuáquera. Dios mío, ya empiezo a decir las mismas cosas que ella, las fantasías que ella teje, dándoselas de mujer práctica (para impedir mi deportación). Es cada vez más difícil no dejarse seducir por ellas.

¿Por qué me resisto? Quizá María abomine de la realidad, pero ello no significa que la verdad no esté de su parte. El matrimonio con ella resolvería muchos problemas. Mi suerte no dependería por entero de una solicitud de asilo político. Hasta ahora, los voluntarios han trabajado de firme para reunir mi documentación, incluso entrando de contrabando testimonio grabado de lo que me ocurrió. Pero los EE. UU. están denegando la mayoría de solicitudes de guatemaltecos y salvadoreños.

De todos modos, aparte la idea del matrimonio, el proceso de la solicitud podría darme un margen de tiempo, tres años quizá. Si hay suerte, las autoridades podrían traspapelar mi expediente durante unos años más; ha ocurrido otras veces. Entre tanto, tendría permiso de trabajo y podría vivir otra vez a la luz del día. No tendría que estar siempre temiendo. Porque cuando me miro al espejo me parece ver un mapa de El Salvador. Las camisetas de Harvard que me da María no disimulan el color de mi piel.

Pero ¿y si solicito asilo y los EE. UU. no me lo conceden? El Gobierno me deportará. Y, si entonces paso a la clandestinidad, las autoridades tendrán mi cara y mis huellas dactilares en sus archivos. Lo que es peor, corren rumores de que Inmigración acostumbra a enviar a El Salvador los datos de los que solicitan asilo político, lo que significa que, si me deportaran, sería el fin. Existe la alternativa de solicitar asilo al Canadá, pero tengo entendido que están restringiendo la inmigración. En realidad, tan peligroso puede ser el Canadá como El Salvador. La soledad podría matarme, y el frío no digamos. Aquí, por lo menos, funciono como un ser humano.

Entonces ¿por qué me resisto a los planes y proyectos de María? ¿Temo que, aunque estuviéramos casados, no pudiera resistir la atracción de la tierra? ¿Que quizá una noche me despertara, oyera la llamada y regresara a El Salvador? No estoy preparado para comprometerme con otro país y, con una mujer, aún menos. Pero seguir en este limbo tampoco me hace ningún bien. Sé que mi destino es regresar, que es voluntad de Dios que todo salvadoreño vuelva a su tierra. Pero en este momento el mal es más poderoso que todos nosotros. Los problemas de la tierra y la guerra civil podrían durar diez años más. No debo dar por descontado que vaya a estar franco el camino para que yo pueda volver. No se puede dar nada por descontado, esto es lo malo, esto es lo que supone ser un refugiado. A veces, me olvido de que soy un refugiado.

J. L. Romero

* * *

Sudor y calor: este recuerdo me impide pasar a la parte triste de la historia. En el verano de 1982, los vahos de Río Grande abrieron los poros de la ciudad y liberaron aromas de mezquite, pino y cedro. El calor me hacía más fácil encontrar las partes del cuerpo de José Luis que se desentendían de la guerra. Después del amor, muchas veces yo olía a buganvilla cerca del lugar en el que su corazón latía con rumor de alas que baten contra los barrotes de una jaula. Y entonces comprendía por qué José Luis y otros como él lo arriesgaban todo; aunque ellos fueran muy jóvenes para recordar la vida sin guerra, sus cuerpos recordaban, sus células guardaban el aroma de El Salvador sano. Los días en que la temperatura subía a alturas de vértigo, yo creía en Dios. Creía que Él había creado el sentido del olfato para que la gente no luchara por ideas abstractas sino por la memoria —el olor de la tierra y el viento antes de que los hombres inventaran la guerra.

* * *

14 de septiembre de 1982

Mija:
Pues claro que te enseñaré los viejos remedios. Puedes empezar por ir a la cooperativa y comprar todo lo de la lista, remedios de mi niñez y de mi manual. Cómo cambian los tiempos. Los gringos ya no se ríen de nosotros al vernos hervir nuestras hierbas. Leen libros acerca de las virtudes de estas cosas. Por una vez, la ciencia está de nuestra parte. Y doy gracias a Dios de que se te haya despertado el interés, si no por la política, por lo menos por las viejas tradiciones. (De algo habrá servido mi madrinazgo.) Para empezar tu botiquín, tienes que comprar:
Ajos y cebollas (cómelos a todas horas, y pon rodajas de cebolla en el alféizar de las ventanas, para matar los gérmenes del resfriado).
Ajengibre (contra la resaca).
Albacar (contra los calambres).
Cáscara sagrada (para regular).
Damiana (para levantar el ánimo) (también estimula de otra manera, pero ahora no hablaremos de eso).
Aceite de yoyoba (para el cutis).
Manzanilla (contra el insomnio).
Oshá (sabe a apio fuerte y te hace sudar cuando la masticas, lo que te saca del cuerpo el mal del resfriado y la gripe) (se dice que protege también del mal de ojo, y en tiempos de antiguas

supersticiones la cosían al dobladillo de la falda, para ahuyentar a las serpientes de cascabel).

Yerbabuena (para todo esto).

Buena provisión de velas milagrosas de Laredo, Texas, no para practicar la magia sino para concentrar la mente en los poderes curativos de Nuestro Señor.

Esto será un buen comienzo. Pero recuerda que la mejor medicina es la comida. Tanta depresión como hay ahora se debe a que hemos olvidado los alimentos de nuestros antepasados. Y nuestras células jamás olvidan. Alubias, arroz, aguacate, cilantro, etc. Tenemos que procurar comer lo que comían nuestros mayores, comer los frutos de la estación y comer lo que se cultiva cerca de nosotros. Todas estas drogas modernas agravan la enfermedad y lo que hacen es enmascarar los síntomas. No es de extrañar que todos estemos locos.

Sé que llevas ese cristal colgado del cuello. Si quieres que te diga la verdad, esos remedios Nueva Era de Santa Fe pueden ser tan perjudiciales como las drogas. La gente empieza por tratar de curar un resfriado y en cuanto te descuidas, en lugar de tomar ajo y limonada, contratan a alguien para que «canalice» la voz de un visigodo. Antes de llamar a la puerta del cielo, vale más buscar remedios un poco más cerca de nuestra casa. Raíces, semillas, corteza, aceites, flores, etc. Dice la Biblia que nuestra curación está en la tierra, o algo así.

Confieso que creo en la reencarnación (el purgatorio no es un lugar sino un retorno que se repite hasta que aprendemos bien la lección). Pero el que una crea en vidas anteriores no significa que deba hurgar en ellas. Tus antepasados eran judíos (antes de la Inquisición) en el Viejo Mundo y cristianos y hechiceros en éste. Imagino que esto cubre todas tus bases. Respeta tu «encarnación» actual. Insisto en esto porque incluso aquí, nada menos que en Arizona, a la gente le da por «canalizar». Sólo que aquí no te cobran tanto. Si quieres mi opinión, no veo mucha diferencia entre todo esto y lo que hacía mi abuela, que rezaba en distintas lenguas en las asambleas de Dios de los españoles. Salvo que aquello era gratis y podía hacerlo cualquiera.

Te digo estas cosas porque no se pueden estudiar las hierbas sin una noción de los entresijos de la vida espiritual. Todo va ligado. Ya ves por qué no soporto a los médicos (excepto a nuestro amigo socialista que ayuda a los refugiados gratis). Y, como soy tu madrina, quiero mantenerte en el buen camino, a cubierto de todas esas tendencias de la Nueva Era. Desconfía de los fundamentalistas, incluso de los que utilizan cristales, sandalias hippies y fondos en fideicomiso. Ahora bien, no pretendo faltar el respeto a los que tienen sincera inquietud espiritual. Al fin y al cabo, muchos de esos ciudadanos de Santa Fe llevan pegatinas de «Tíbet Libre» en la furgoneta. De modo que si el mirar adentro les ayuda a proyectarse hacia afuera para hacer algo útil en este valle de lágrimas, será que quizá Dios actúa también en la Nueva Era. Pero ya sé que tú no te interesas por la política (todavía, ja ja).

En fin, sé buena. O, por lo menos, sé precavida.

Besos y oraciones,

Soledad

*   *   *

Un día —¿a últimos de septiembre o a primeros de octubre?—, Soledad regresó. Y, por el juego de luces y sombras de mi cara y de mi voz, comprendió que ya había ocurrido, que José Luis y yo éramos amantes. Era mi madrina, mi consejera. Sabía que no hay que ahogar al Espíritu, el espíritu de la luz que es el amor y el espíritu de la imprudencia que es algo muy distinto. En su vida, con sus maridos, sus divorcios, su quebrantamiento de los preceptos de la Iglesia y sus otras muchas experiencias, Soledad había visto las dos caras de Dios. De modo que ella no era quién para decirme que no viviera peligrosamente. Podía darme un consejo que ayudara a mitigar el golpe, pero nunca diría: No le ames. Era sanadora precisamente porque había gozado y sufrido con las dos caras de Dios, con la oscuridad y con la luz. Y todo remedio, decía, tiene elementos de una y de otra, del mal y del remedio. Ahora tengo treinta y nueve años, once menos que Soledad aquel verano en que José Luis y yo éramos amantes, y apenas empiezo a intuir lo que quería decir.

«Mijita, ten cuidado, a tu edad, yo di mi corazón y tardé años en recuperarlo. Mijita, mi Carlos era un buen hombre, pero a veces la guerra lo ponía como loco, se iba de casa y tardaba días en volver. No, no; la única manera de sacarle a un hombre la guerra del cuerpo es acabar con la guerra, con todas las guerras. ¿Qué quieres decir con eso de la fuerza del pensamiento positivo? Lees demasiados libros de mística oriental. En El Salvador no puedes ni oírte pensar. Lo sé, he estado allí, da escalofríos todo lo que está saliendo a la luz. Mira, lo mejor que puedes hacer es ser su amiga. Ahora hablo como hablaba mi madre. ¿Y sabes? Maldito el caso que hice de lo que ella decía hasta que pasé de los cuarenta...»

Me gustaría haber escrito todo lo que me decía Soledad, fuera lo que fuera. Lo único que puedo hacer ahora es imaginar sus palabras, pero no es difícil, porque me parece estar viéndola: pelo color tabaco, vaqueros viejos y camiseta «Boycott General Electric» y cutis canela prematuramente ajado, porque ella amaba mucho la vida como para estar pendiente de las últimas cremas antiarrugas. En mis recuerdos, está siempre picando cilantro o calentando tortillas de maíz a la llama azul de su fogón de gas. Antes de que dejara el tabaco, su ritual vespertino consistía en arrimar un cigarrillo a la llama, aspirar con fuerza y poner la radio. Tenía una radio de onda corta en el alféizar de la ventana, al lado de una botella de jabón verde para los platos. Después de fumar, fregaba los cacharros y escuchaba las noticias de El Salvador que se despedazaba como el pan. No solía hablar del hombre con el que se casó para que no lo deportaran y del que luego se divorció. Al principio, hasta yo creía que se había casado por amor. Y, en cierto sentido, así era. Como no había tenido hijos, adoptó a El Salvador. Se sabía sus provincias y sus desapariciones. Todos los días leía en los periódicos mexicanos y estadounidenses las noticias de muertes, cosechas, movimiento de tropas, recopilando momentos históricos con el mismo cuidado con que extraía las piedrecitas de las alubias antes de ponerlas en remojo. Un día me pidió que le corrigiera una carta que iba a llevar al correo. Estimado senador Marciando: Se está matando a mis amigos y parientes, escribió. Palabras escuetas y rotundas como petardos. Por naturaleza, Soledad no era propensa a la cólera. Pero sacaba el genio y lo agitaba como un cuchillo cada vez que oía hablar de otra amenaza de muerte en el país al que tanto había llegado a querer.

Ésta es una receta que Soledad escribió en una tarjeta tamaño postal y pegó al frigorífico con cinta adhesiva.

POSOLE

12.45.   Lavar el maíz con varias aguas.

1.15.   Poner a cocer el maíz (4 kilos).

1.30.   El maíz rompe a hervir. Cocer dos horas. En otra cacerola hacer hervir cerdo troceado (3 kilos y medio) con tres cuartos de kilo de cebollas enteras y 1 o 2 dientes de ajo.

3.30.   Agregar la carne al maíz. Si falta agua en el maíz, agregar caldo del cerdo. Echar sal y orégano. Cocer entre media hora y una hora más.

¡Que aproveche!

—Mijita, tenía razón tu madre, has de buscarte aficiones, o te entrará la melancolía. Te asombrarías cómo el aprender a cocinar te distrae de los hombres, si lo haces por gusto. ¿Por qué crees tú que soy tan buena cocinera? No olvides que también yo he tenido tu edad. Sé lo que es enamorarse hasta no saber ni dónde estás y confundir sol y luna. Pero cuidado. No; no te digo que no quiera que la cosa siga adelante, al contrario. Pero una mujer ha de tener dentro un lugar para pensar, un lugar al que no llegue el hombre, un lugar estable y perdurable, ¿comprendes? ¿Por qué crees tú que me dediqué a escribir cartas? No hay hombre que merezca que te hundas por él. Te lo digo yo. Y ahora vamos a dar un paseo.

* * *

Un día, el corazón de Soledad claudicó. Ella, que tanto daba a los demás, no guardaba nada para sí. Cuando fui a verla a la funeraria, me eché a llorar otra vez. Alguien le había limpiado las manos, les había quitado su película de tinta de periódico. Aquella noche, en San Rafael, me despedí de ella por última vez con el féretro abierto. Y, como si le acariciara la mano con ademán de dolor, le puse bajo la palma los primeros párrafos de un artículo de la Associated Press. Dos días antes de su muerte, las guerrillas salvadoreñas y el Gobierno habían firmado un acuerdo, se habían estrechado las manos y proclamado un «cauto optimismo» ante un mundo incrédulo. Yo recorté el artículo y lo pegué a la nevera, al lado de una oración por la paz. Quizá Soledad ya estaba preparada para partir. Quizá sabía que había conseguido enseñarme a amar un mundo desquiciado.

* * *

San Salvador, El Salvador, 15 de agosto (AP). Los cadáveres de dos religiosas desaparecidas a principios de semana han sido hallados a 53 kilómetros al norte de la capital, cerca del pueblo de Encarnación.

Ayer tarde, unos niños que jugaban cerca de una zanja, encontraron dos cuerpos semidesnudos en los que las autoridades identificaron a Eve O'Connor y María Quinto, de San Antonio, Texas.

Los testigos declararon que los cadáveres, sepultados a flor de tierra, parecían haber sido mutilados. Los restos fueron trasladados a un lugar que no ha sido revelado, para proceder a la autopsia.

La desaparición de las monjas fue denunciada cuando, el miércoles por la noche, no regresaron a su residencia de Casa Justicia en San Salvador.

Emory Newland, embajador de EE. UU. en El Salvador, que supervisó el levantamiento de los cadáveres, denunció los hechos y prometió encargar a una comisión independiente una investigación a fondo.

«A pesar de que en El Salvador se han dado notables pasos hacia la reforma, es evidente que el país aún está en peligro de convertirse en una democracia de brigadas de la muerte», dijo Newland.

Pero, según las declaraciones de prensa facilitadas a primera hora de esta mañana por el Departamento de Estado de EE. UU. y el presidente salvadoreño Alfredo Amérigo, las «guerrillas izquierdistas» son los principales sospechosos.

Según fuentes solventes, las distintas interpretaciones de la causa de la muerte de las religiosas son el más reciente ejemplo de las diferencias existentes entre Newland y el Departamento de Estado.

Durante las últimas semanas, se había informado ampliamente de las visitas realizadas por Newland a los centros de alfabetización que O'Connor y Quinto habían promovido por todo El Salvador. Las monjas pertenecían a la orden de Nuestra Señora de la Luz, que colabora estrechamente con los jesuitas en programas de alfabetización y sanidad.

Desde el asesinato del jesuita padre Milton Gustavo, ocurrido el año último, la jerarquía de la Orden en Estados Unidos afirma que el Departamento de Estado oculta pruebas de una campaña de hostigamiento emprendida por el ejército salvadoreño contra los religiosos y seglares que viven entre los pobres de El Salvador.

Fuentes próximas al Departamento de Estado manifestaron que las visitas de Newland a los centros de alfabetización habían violentado a altos funcionarios estadounidenses.

O'Connor y Quinto habían criticado abiertamente la ayuda militar, cifrada en un millón de dólares diarios, que los EE. UU. envían a El Salvador, donde la guerra civil ha provocado la muerte de unas cincuenta mil personas. Las monjas también habían colaborado con Madres de los Desaparecidos, grupo que, según el Gobierno salvadoreño, está vinculado a la guerrilla.

En su declaración a la prensa, el presidente Amérigo manifestó que había retrasado una conferencia que debía pronunciar en la Escuela de Gobierno John F. Kennedy de la Universidad de Harvard, a fin de asistir a la misa en sufragio de las religiosas, cuya fecha se anunciará en breve, según dijo un portavoz de la Embajada de EE. UU.

Según una nota facilitada por la archidiócesis de San Salvador, el arzobispo José Grande, que ha recibido varias amenazas de muerte, presidirá el cortejo fúnebre que recorrerá a pie el trayecto de cinco kilómetros que media entre la residencia de las hermanas y la catedral de Nuestra Señora de los Dolores, donde oficiará una Misa de Resurrección.

*   *   *

Veinte años después, el papel en el que está escrito el artículo es quebradizo pero no lo es el recuerdo. En el sótano, al lado de la lavadora, traduzco a José Luis la noticia de la muerte de las monjas del *Albuquerque Herald*, y él me odia por lo ocurrido. ¿Ves lo que nos están haciendo?, dice. Demasiadas veces ha leído noticias de asesinatos de monjas, y ahora explota y me lanza a la cara la historia de su nación, como si estuviera escrita en un papel. Tú no sabes lo que es sufrir, me dice. José Luis, todo se arreglará, ya verás, le digo. No tienes ningún derecho a hablar así, me dice él, tú no sabes lo que es tener que huir. Al cabo de un rato, me pide perdón por el episodio, pero ya es tarde. Al igual que el hombre que se ha atrevido a mirar al sol, él nunca podrá borrar del todo esa luz negra que le ha maculado la vista. Él había visto en mí a una gringa de piel blanca cuyos impuestos servían para dar la muerte a sus compatriotas. Ahora no cuentan mis credenciales, el ser una norteamericana mexicana; al contrario, empeoran las cosas. Encolerizado como ahora está, cuando me mira no ve a una mujer sino a una bestia, una

94

esfinge. Por la mañana, había abrazado a una chicana; pero, después de leerle la noticia de la muerte de las monjas, me he transfigurado. Durante un momento terrible, he sido una yanqui, una asesina, una puta.

* * *

BOLETÍN DE ACCIÓN URGENTE

EN RESPUESTA A LOS ACONTECIMIENTOS DE ESTA SEMANA EN EL SALVADOR, A MEDIODÍA HABRÁ UNA MANIFESTACIÓN FRENTE AL EDIFICIO FEDERAL AVENIDA WASHINGTON S. E. 242. SI QUIERES AYUDAR A HACER PANCARTAS, ÚNETE A NOSOTROS EN EL CENTRO DE JUSTICIA DOS HORAS ANTES DE LA MANIFESTACIÓN. SI NO, TRAE TU PROPIA PANCARTA. EL TEXTO DEBE SER SIMPLE Y CLARO, POR EJEMPLO: EE. UU. FUERA DE EL SALVADOR, PAN SÍ BOMBAS NO, TUS IMPUESTOS MATAN A NUESTROS HIJOS, ETC. TAMBIÉN LLEVAREMOS CRUCES BLANCAS CON LOS NOMBRES DE LOS SALVADOREÑOS ASESINADOS Y DESAPARECIDOS DURANTE LOS ÚLTIMOS MESES. A MEDIODÍA, CUANDO ESTEMOS TODOS REUNIDOS, JOSÉ LUIS ROMERO REZARÁ UNA ORACIÓN CON LA RABINO ANNE WEISEN. DESPUÉS DESFILAREMOS POR LA AVENIDA WASHINGTON. RECOMENDAMOS A LOS PARTICIPANTES VISTAN AMERICANA, CORBATA, FALDA, ETC. LOS RELIGIOSOS DEBERÁN LLEVAR HÁBITO, ALZACUELLOS, ETC. LOS MEDIOS DE COMUNICACIÓN NOS HAN MOTEJADO DE RADICALES Y ES PRECISO BORRAR ESTA IMPRESIÓN A FIN DE HACER LLEGAR NUESTRO MENSAJE.

LOS QUE DESEEN PRACTICAR LA DESOBEDIENCIA CIVIL (SÓLO PERSONAS CON EXPERIENCIA, POR FAVOR) DEBERÁN CONGREGARSE EN EL CENTRO DE JUSTICIA

UNA HORA ANTES DE LA MANIFESTACIÓN, PARA RECIBIR INSTRUCCIONES. TENEMOS INTENCIÓN DE OCUPAR EL DESPACHO DEL SENADOR MARCIANDO HASTA QUE SU PERSONAL LLAME A LA POLICÍA. PROBABLEMENTE, SEREMOS DETENIDOS, FICHADOS Y PUESTOS EN LIBERTAD BAJO FIANZA, DE MODO QUE DEBÉIS PREVER UNA TARDE LARGA. SOLEDAD SÁNCHEZ ORGANIZA UN GRUPO DE APOYO A LA DESOBEDIENCIA CIVIL, QUE MANTENDRÁ UNA VELA DE ORACIÓN FRENTE AL EDIFICIO FEDERAL HASTA QUE TODOS LOS DETENIDOS HAYAN SALIDO DE LA COMISARÍA, QUE ESTÁ ENFRENTE. SI TENÉIS ALGUNA DUDA, LLAMADLA A ELLA O AL CENTRO DE JUSTICIA. PAZ.

Programa de la vela, p. 2

Después de la invocación, volveos de cara al Edificio Federal y recitad juntos la lista de nombres. Éstas son las personas que han desaparecido durante el último mes:
Carlos Ramos Grande
Eugenia Márquez Núñez
Rutilio López Montes
Óscar Donovan Martínez
Reginaldo de Jesús Romero
Elba Velázquez Tamayo...

* * *

Pido a Dios que María me perdone por haberme enfadado con ella el otro día. Le hablé como si ella tuviera la culpa de que las monjas hubieran sido asesinadas. Supongo que la verdadera razón de mi cólera es que no sé cómo hacerle comprender que mi mundo se desmorona.

Y el orgullo me impide decirle: María, tengo razones para echarme a temblar cada vez que oigo helicópteros o sirenas. Hace una semana, cuando vimos aquel perro aplastado al lado de la carretera, no es extraño que sintiera ganas de vomitar. Lo malo es que ella y yo no vemos ni oímos las mismas cosas. Hasta las campanas de la iglesia significan cosas distintas para cada uno de nosotros. Ella las oye y pone en hora el reloj. Yo las oigo y pienso en la infinidad de funerales de los pueblos de los alrededores de la capital.

Pero ¿qué derecho tengo a enfadarme con ella? No es culpa suya que su cultura la haya hecho como es. Hay momentos en los que se sale de su entorno, en los que ve las cosas. Ayer me llevó a visitar a un psicólogo. Me dejé convencer porque se trata de un chicano que habla español y comprende la situación de los refugiados. Cuando íbamos hacia el despacho, vi siluetas de figuras humanas trazadas con tiza en la acera. Di media vuelta y volví a la furgoneta, despavorido. No pude evitarlo. Menos mal que María no lo interpretó como que había cambiado de idea y no quería ir a ver al psicólogo sino que comprendió lo que me ocurría. Había leído en un boletín de información que la policía salvadoreña marca con tiza en el suelo el contorno de los cadáveres que encuentra, a fin de documentar las muertes «misteriosas» que ellos mismos planean y ejecutan. María lo comprendió y se quedó a mi lado en la furgoneta hasta que se me pasó el temblor. El psicólogo se disgustó cuando le conté lo ocurrido. Dijo que las figuras las habían dibujado unos niños que seguían un programa de «terapia plástica» con otro psicólogo y que diría que las borraran inmediatamente.

Me encuentro mal desde que me enteré de la noticia de la muerte de las hermanas. Yo había visitado muchas veces los centros de alfabetización con el padre Gustavo. Me cuesta dormir, y tomo tabletas de somnífero de María que le quito del bolso sin decirle nada. Pero ella sabe que últimamente bebo mucho. Tengo la impresión de que dentro de mí llevo una bomba de relojería que no sé cómo ni cuándo explotará. A la más mínima, me encrespo. El otro día, María me llevó a pasear a Río Grande. Entre unos árboles que ella llamó olivos rusos, crecían silvestres unas calabazas verdes y doradas. María se puso a dar puntapiés a una calabaza pequeña, para jugar, hasta que la aplastó. Por puro amor propio no me eché a llorar. Luego me enojé con ella por aquella acción. No saber hacer, en un mundo de violencia, nada mejor que aplastar una calabacita recién nacida.

Después me enfurecí conmigo mismo por haberme enfadado. A modo de reparación, arranqué una calabaza y la arrojé al Río Grande, esa gran serpiente rutilante que ha llegado a enamorarme. No sabía qué más podía hacer. No tenía sentido pedir perdón a María, y se lo pedí a Dios.

J. L. ROMERO

*   *   *

Estoy escribiendo unos versos para María, para mantener la cabeza despejada y para poder dejarle un recuerdo si me voy. Me parece que los guardaré hasta que llegue ese día, si llega. Si se los doy ahora, pensará que eso significa que la quiero. Y la quiero, sí. Pero podría escapársele el significado más amplio, de que no sé dónde estaré mañana. Deseo darle todo lo que tengo, pero no quiero hacerle concebir esperanzas en el futuro. En realidad, esto no es justo: le hablo de la importancia de la esperanza, y no quiero animarla a soñar.

Número 3 para María

cómo me miran tus ojos,
ojos en los que el alivio y el miedo
residen como en un alto el fuego.
Bajo la palma de tu mano
late mi costilla
la costilla que rompieron
con un rifle,
la costilla que, injertada
en el cuerpo de América,
podría renovarlo,
tierra en la que residen
la compasión y la nobleza,
en la que los huesos quebrados
de mi pueblo
enseñan a tu pueblo
lo que es la fuerza.

J. L. ROMERO

* * *

Un día, José Luis me habló de las extrañas marcas de sus manos y su espalda. Sentado a los pies de la cama, daba chupadas al cigarrillo y sacudía la ceniza en una lata de cerveza que sostenía entre los muslos. Me dijo: Los guardianes apagaban sus cigarrillos en mi cuerpo, uno a uno. Así consta en el certificado médico, treinta y tres quemaduras, no marcas de nacimiento como te dije la primera vez que nos acostamos juntos. Al decírmelo, las lágrimas le corrían por la cara como cera derretida, pero como él pensaba que los hombres no deben llorar, yo miré hacia otro lado. Y no eran sólo los cigarrillos, dijo, también cables eléctricos a los genitales. Entonces, como si yo fuera una desconocida a la que no supiera qué más decir en una fiesta, volvió la cara y tamborileó con los dedos en la lata de cerveza. Estaba avergonzado. No por haber sobrevivido mientras otros morían sino porque aquella intimidad era excesiva, una ventana demasiado abierta. Decir a otra persona lo que han hecho con tu cuerpo en nombre de la política es un acto de una intimidad desmesurada, algo mucho más arriesgado que el sexo, porque un hombre puede acostarse contigo durante años sin revelarte nada de sí.

Tomé el aceite de almendras y me ofrecí a frotarle la espalda y los hombros que se tensaban como las alas del pájaro que va a levantar el vuelo. Debajo de mis manos había una constelación de marcas que en cualquier otra vida hubiera podido ser una erupción pasajera del fuego de la pasión, marcas de uñas de mujer. Y, como tantas otras veces, me resistía a creer lo que veían mis ojos. Me resistía a creer que estaba viendo una figura hecha de cicatrices, la leyenda del mapa de su vida —1982—, alguien había marcado con fuego estas cifras en su espalda. Tenías que mirar bien, como cuando buscas la Osa Mayor en un cielo con nubes. Mil novecientos ochenta y dos fue el año en que lo torturaron, el año en que miles de personas fueron torturadas. En un país del tamaño de Massachusetts. En un país que lleva el nombre de Cristo.

Después, cuando le frotaba las sienes, sus ojos se hicieron cristal, espejos retrovisores que le permitían ver, muchos kilómetros y muchos meses atrás, a una mujer que lo había tocado como yo lo tocaba ahora, una mujer, me temía, que había corrido la misma suerte que las monjas, que no sólo tenían el cuerpo «mutilado», como decían los periódicos, sino las manos cortadas, como advertencia a todo el que se atreviera a curar a una nación para hacerle recobrar la salud.

Varias semanas después de la muerte de las monjas, encontré una poesía doblada en la Biblia de José Luis. La leí y volví a ponerla donde la había encontrado, tratando de convencerme de que no estaba allí, diciéndome que no la había visto, con lo que conseguí que sus versos quedaran preservados para siempre en mi memoria, como hojas de otoño prensadas entre papel encerado.

LAMENTO

Cuando al fin mi hombre
se vaya
para ser un hombre nuevo
en Norteamérica,
cuando encuentre a una mujer

que le saque la guerra del cuerpo,
ella amará a un hombre
y a un monstruo,
y se levantará
de la cama
con granadas
latiéndole dentro.

El poema lo firmaba «Ana».

TRES

José Luis, mi hijo, tiene diecinueve años. En las vacaciones de la universidad siempre vuelve de Nueva York a esta casa, que es como un hongo brotado de la fértil tierra marrón del Valle, la casa que Soledad rebozó de barro y paja antes de su muerte, antes de cederme su propiedad. Ayer fui a recoger a José Luis a la terminal de América Oeste y le ayudé a transportar sus mochilas y bolsas, sonrojándome interiormente de la alegría que sentía al ver que todavía trae los vaqueros y las camisetas para que yo se los lave. Esto forma parte de un mito compartido, de un pacto: él deja que le lave la ropa, para que yo pueda disfrutar con la simulación de una tutela maternal, una ilusión de autoridad. Al igual que todos los hijos, debió de percibir el dolor de su madre por la ley de la vida: que un hijo, un brote de tu carne, crezca y se desgaje de ti. Al intuir mi pena cuando se iba a la universidad, se le ocurrió el rito de la ropa sucia. También me deja que le llame «mijito». A cambio, yo trato de abstenerme de decirle lo que debe hacer con su vida, con su mundo. A veces, después de cenar, cuando a mí me gustaría salir a dar un paseo, José Luis baja al sótano, en el que, hace años, instalamos su primer ordenador. En la pantalla relampaguean los mensajes, él contesta, y durante horas se comunica con estudiantes del Brasil o biólogos de China —dondequiera que las tierras húmedas, o las tierras altas, o cualesquiera otras tierras, corran peligro de desaparecer o convertirse en lo que no son por culpa de los agentes químicos producidos por el hombre infiltrados en lugares antes vírgenes—. Cuando está tecleando en su ordenador, mi hijo no me ve ni me oye. Esto me recuerda cómo solía sentarse al piano de Soledad, a tocar «canciones» durante horas. De niño le atraían los acordes disonantes. Y también ahora, durante las vacaciones, prefiere estar presente en las catástrofes, aunque sea por ordenador interpuesto.

Qué distinto es su universo del que conocía Soledad. José Luis y sus amigos lanzan botellas al mar de la pantalla del ordenador y al momento su mensaje es recogido en las costas de África. Antes de que suceda la historia —un golpe de Estado, un accidente nuclear, la extinción de otra especie— José Luis ya está enterado. La suya es una generación de videntes. No porque puedan ver el futuro sino porque los pecados de las generaciones anteriores les han obligado a escudriñar en las profundidades del aquí y ahora, y de este modo enmendar el destino. Es un apasionante número de equilibrio: configurar el futuro atendiendo al presente. Las paredes de su sótano están cubiertas de mapas de los agujeros de la capa de ozono, bosques agónicos y antiguas tierras de labor desertizadas. Los mapas explican cómo ha cambiado el mundo desde que Soledad tenía la edad que ahora tiene José Luis. Mi hijo está empeñado en una lucha de ámbito más que nacional. Él y sus amigos hablan de salvar el planeta. Me gustaría poder decir que exageran.

Durante las vacaciones, nos permitimos otros ritos además de la broma de la ropa sucia. El que más me gusta es el que consiste en que yo le diga: Mijito, ¿cómo llevas tu español? Quince minutos al día de leer los periódicos de Juárez te bastarían para dominarlo. O mejor oír misa en español... Entonces, sonriendo ampliamente, él me pregunta si he cumplido mi parte del trato, si he aprendido por lo menos a pronunciar los nombres de los agentes químicos que él estudia en sus clases de biología del medio ambiente. Agentes químicos que mi hijo, el futuro ingeniero agrónomo, dice que actúan en la tierra como el cáncer: células desorientadas, que no saben dónde están en relación con el todo.

Que él y yo podamos hablarnos así es buena señal. Un día, cuando él estaba en secundaria, creí haber cometido un error irreparable. Le dije que, si aprobaba el español, lo enviaría a El Salvador durante el verano, a trabajar de voluntario en Ciudad Grande, una de las nuevas comunidades. Tan pronto como este pensamiento se me escapó por la boca, estalló una terrible tormenta en su cara de indio olmeca, ancha, redonda y morena como la canela. Y tronó: Mamá, yo no quiero ir a El Salvador, no quiero estudiar español. ¿Cómo es que nunca me dices nada de las buenas notas que traigo en ciencias? ¿Por qué nunca me preguntas por mi proyecto para la Feria de la Ciencia...?

Mi hijo, al igual que deben hacer todos los hijos, me procesó por el cargo de conspiración para controlarle. Aportó las pruebas. Y creció. Ante mis ojos, una tarde terrible, mi niño creció y se convirtió en sí mismo: un olmeca, con casco de guerrero, que se revolvía contra mí y contra las fuerzas que habían asolado su tierra.

* * *

Cuando José Luis vino al mundo, tres meses antes de tiempo, tenía la carita como un higo y un cuerpo no mayor que un zapato del treinta y seis. Yo no sabía cómo sostener una cosa tan pequeña sin romperla, pero no importaba, porque, nada más limpiarlo, las enfermeras lo metieron en una incubadora, donde se quedó maullando bajo luces potentes, tubos y antenas. Allí lo tuvieron hasta que sus pulmones empezaron a hincharse: velas lo bastante fuertes como para captar el viento que lo impulsara por la vida.

Durante lo que me pareció una eternidad, aquel hospital fue mi hogar —el hospital clínico que acogía a los no asegurados, en el que un judío amigo de Soledad trataba a los refugiados y después los llevaba por pasillos subterráneos hasta una puerta trasera, soslayando formularios y baremos de aportación a los gastos—. Allí, a una habitación llena de pesebres de vidrio, Soledad me llevaba comida y titulares del mundo exterior. A última hora de la tarde, mojábamos tortillas de maíz en termos llenos de alubias pintas y luego nos íbamos a una sala de espera a escuchar las noticias de Centroamérica por la radio de onda corta. La irritaba que los médicos no autorizaran radios en las salas de prematuros. Soledad quería que José Luis respirara desde el principio la atmósfera de El Salvador, sus aires tropicales que, según ella, algún efecto debían de tener para que la gente de allí pudiera vivir tanto con tan poco. Después de las noticias, yo solía quedarme dormida en una mecedora, al lado de la incubadora de José Luis. Una noche, mientras yo dormía, Soledad pegó con cinta adhesiva estampas al capullo de cristal de José Luis. María, José, san Judas y el arcángel san Rafael, una especie de comité *ad hoc* de divina intervención. Otra noche colgó de una tienda de oxígeno rosarios bendecidos en Lourdes. En las crisis, Soledad tenía que hacer un esfuerzo considerable para no convertir cualquier superficie plana en un altar. Pretendía asegurar el tanto o, cuando menos, santificar la más desesperada de las situaciones con una práctica cuyos frutos, prometía ella, serían visibles «si no en esta vida, en la otra».

Fue allí, en el hospital, donde aprendí a corregir pruebas de imprenta. Escudriñaba cada una de las líneas de la cara de mi hijo, convencida de que, en cualquier momento, sólo una coma o un punto y aparte podía separarlo de la eternidad. Una especie de guante unido a la incubadora me permitía meter la mano y acariciarlo; el más leve movimiento me tranquilizaba. Tenía los párpados prietos como un gatito recién nacido. Era todo animal, un puñadito de necesidades. Él aún estaba en el jardín y mi cara era una nube pasajera en su cielo. Las noticias de El Salvador, el murmullo de un arroyo. Mirándolo me preguntaba: ¿Qué haré si me deja, cómo viviré si se muere? Mi impotencia me desesperaba. Después de meses de comer los alimentos más apropiados y leer los libros más solventes sobre embarazo y puericultura, ahora no podía hacer absolutamente nada —salvo velar este misterio.

Años atrás, Soledad me había dicho que una tía-abuela suya, que tenía sangre de los indios nahuatl, creía que el cuerpo y el espíritu de un niño tardaban cinco años en decidir si siguen juntos o se separan. Al recordar sus palabras, me preguntaba: ¿Quién soy yo para exigir que la sangre y el aliento de mi hijo permanezcan juntos sólo porque yo lo quiero? El padre de José Luis me enseñó que no se puede utilizar el amor a modo de jaula para retener a un hombre. ¿Y si ahora el universo estaba diciéndome que dejar marchar a alguien es dar una prueba de amor todavía mayor? Pero yo no era capaz de tanta abnegación. El sueño de que mi hijo viviría era la cuerda que yo me ataba a la cintura para no caer en un pozo de desesperación. En mi angustia, clamaba a Dios, con la esperanza de que un día le llegara el eco de mi voz: Permite que José Luis viva, y un día le contaré la historia de cómo vino a este mundo.

Una noche, intuyendo que tanta oscuridad empezaba a ser demasiado para mí, Soledad me dijo suavemente: Haz una ofrenda, mija. Ofrece tus sufrimientos por las madres de los desaparecidos. A veces, yo aborrecía el fatalismo de Soledad, sus «si Dios quiere», la forma en que, en nombre del realismo, de repente, arriaba sus expectativas en lugar de mantenerlas en alto contra viento y marea. Yo todavía no comprendía que, aceptando las cosas tal como son, Soledad encontraba fuerzas para tratar de cambiar el mundo o, por lo menos, su parte de mundo. Pero aquella noche el agotamiento me impidió recurrir a la lógica y, a falta de mejor opción, hice lo que ella me decía, y ofrecí mi impotencia, mi pequeñez, mi debilidad y mi miedo, por quienes estaban peor que yo. Y, en cierto modo, el mandato de Soledad se convirtió en el cordón umbilical por el que recibí los nutrientes del sentido. Ellos me dieron fuerzas para seguir viviendo hasta que los médicos dictaminaron que los pulmones de José Luis ya eran lo bastante robustos como para contener su llanto y que podíamos llevárnoslo a casa. Desde entonces he tratado de explicar a mis amigos lo que significa «ofrecer tus sufrimientos» por los demás. No es propiamente un sentimiento de simpatía. Creo que la palabra que mejor lo describe es «solidaridad» y es precisamente la que más utilizan mis amigos y mi hijo, los descreídos.

Al exigirme que asistiera a una difícil llegada a este mundo y, después, a partidos de fútbol, ferias de la ciencia y la ceremonia de la graduación —al exigirme no perfección sino presencia— José Luis hizo de mí un ser corriente; éste ha sido el gran regalo que me ha hecho. Empezó por darme una razón para levantarme por la mañana. Para que él y yo pudiéramos vivir, conseguí un empleo de correctora en el *Albuquerque Herald*. Me asocié a una guardería cooperativa patrocinada por la congregación cuáquera. Cuando José Luis empezó el primer grado, me hice miembro de la Asociación de Padres y Maestros y, posteriormente, de un movimiento de «Padres por la paz». Nuestro objetivo era sensibilizar a otros padres acerca de los peligros de

111

la guerra y los desperdicios nucleares. Cuando, en la noche de puertas abiertas, el director de la escuela primaria trató de impedirnos la entrada, hice circular una petición exigiendo que se nos permitiera exhibir nuestros escritos y la presenté a una reunión de la junta de la escuela, que accedió a nuestra demanda. Mi nuevo interés por la política, que Soledad había vaticinado, no tenía nada de misterioso. Yo quería un mundo mejor para mi hijo. Sólo Dios sabe si habré conseguido algo. Pero, por lo menos, empecé a encontrarle buen sabor a la vida y a acumular buenos recuerdos. Con cada voto que emitía y con cada carta al director que escribía en nombre de algún amigo, despertaba una nueva parte de mí.

Ahora, mientras explico estas cosas, José Luis está con su ordenador en el sótano, la habitación en la que fue concebido. La habitación en la que su padre me dijo: Me marcho, me vuelvo a El Salvador. Un día he de contar a mi hijo la historia de esta habitación y de los espíritus que la habitan. Pero antes debo contarme a mí misma el resto de la historia, masticarla como una raíz de oshá y eliminarla por los poros. Lo que no recuerde, lo inventaré, ofreceré mis relatos por aquellos a los que no se ha concedido tiempo para recordar y enmendar. Por desgracia para él, mi hijo tiene una madre que se inventa historias, una embustera, y, por fortuna para él, tiene una madre que es una narradora de historias, en cuanto encuentra una libreta en blanco y una hora libre. Hay ciertos recuerdos que preferiría combatir hasta la muerte. Combatirlos en lugar de decirle: Mijito, un día te puse el nombre de José Luis para hacerlo real, para hacer real un nombre inventado.

CUATRO

Aquella noche, la lluvia sonaba a piñones que repican en una tina.

El mundo olía a adobe mojado, a flor de manzanilla que humea en el fogón.

Nubes de blonda negra cubrían la luna llena. Cuando se disiparon, se derramó en la habitación un resplandor de luna clara como vino blanco.

Te digo todas estas cosas, quienquiera que seas, para que sepas que la noche era hermosa, a pesar de...

Un golpe en la cara tiene el color del arándano...

Deja que vuelva atrás. Deja que pruebe otra vez. Hijo. Mijito.

Era el último día de octubre. Pero la estación, trastornada como se altera a veces el ciclo de una mujer, había confundido el sol con la luna o la luna con el sol, y la lluvia que llenaba acequias y arroyos olía a primavera. Los chaparrones azotaban la casa de Soledad, hinchando la madera de las puertas mosquiteras. José Luis y yo abrimos las ventanas y hablamos de labrar la tierra, de plantar semillas, de hacer crecer cosas. Aquella noche, tu padre y yo estábamos alegres y nos reíamos por todo. Sin decirme por qué, insistió en que lo llevara a la tienda de oportunidades, y me compró un radiocasete con el dinero que había ahorrado lavando platos. Era un aparato largo y robusto, con un altavoz a cada lado y botones en medio para regular agudos y graves. Lo bajamos al sótano y también llevamos un pack de seis cervezas, y lo pusimos todo encima de la cómoda, donde tu padre guardaba su Biblia y sus poesías. Durante el verano, me había hecho escuchar la música que le gustaba: Los chilenos, Víctor Jara y Violeta Parra y el grupo salvadoreño exiliado Yolocamba Ita, en cintas que sacaba de la cómoda de cedro de Soledad. Eran canciones de lucha, no sólo de riñas de enamorados, que habían empezado a romperme el corazón. Y, tal como ocurre a veces con los huesos, yo necesitaba que me rompieran el corazón y volvieran a fijármelo como es debido, para que pudiera llevarme por la vida.

Pero la noche de que te hablo yo quería escuchar a Aretha. José Luis me adivinó el pensamiento. Estaba orgulloso de aquel radiocasete, orgulloso de haber podido comprarme un regalo. Cuando subió corriendo la escalera para traer la cinta, tenía la sonrisa del que sabe que va a ganar una maratón. Se quedó mirándome mientras yo ponía la cinta de la Reina del Soul y ajustaba el tono. Nos envolvimos en la noche estrellada de su voz y, cual paganos que reciben a la primavera, nos pusimos a bailar. No sé qué nos movía, pero lo que fuera lo he visto también en ti, mijo, cuando la primavera asoma un día de febrero y sales al campo con pantalón corto. Yo llevaba una camiseta de tu papá, falda de algodón blanco, el pelo, que tenía muy largo, recogido en una trenza a la espalda, cuatro o cinco sortijas en los dedos, pendientes largos de cuentas negras y un botón de brillantes en la parte superior del lóbulo derecho. ¿Imaginas a tu madre con ese atavío? Te sorprenderá que recuerde con tanto detalle la ropa y los adornos. Es que eso me ayuda a recordar los sentimientos. Y, si puedo describir los sentimientos de aquella noche, tanto la seda como el espino, te habré dicho toda la verdad.

¿Has visto las marcas que hay debajo del tirador de latón del cajón de arriba de tu cómoda? Ahí abríamos las botellas de cerveza antes de sentarnos en la cama y brindar por El Salvador. Tu padre era tan moreno como tú, y muy guapo. Había encontrado trabajo extra; ahora, además de lavar platos, embreaba tejados; el sol de otoño se le había metido debajo de la piel y allí se había quedado. Llevaba pantalón vaquero con parches, sin camisa y una medalla de san Judas al cuello. Yo lo miraba embobada, no me avergüenza confesártelo. Se apoyó en el cabezal de la cama y sonrió sin causa aparente. Su cara no reflejaba mil emociones como la tuya; cuando él sonreía era un acontecimiento. Cogidos de la mano, mirábamos por la ventana del sótano cómo la luna se escondía en las nubes y volvía a salir. La cortina de encaje que a ti te parecía tan «de niña» estaba abierta. Yo la había colgado para suavizar el efecto de la reja que protegía el cristal. A José Luis le dio por enseñarme a soplar en la botella de cerveza, para imitar el sonido de las flautas de madera que decía que se tocan en los Andes. Lo que trato de decirte es que aquella noche éramos felices. Felices. Es muy pobre esta palabra para describir lo que sentíamos.

Abrimos más cervezas; las botellas vacías se acumulaban en la mesita de noche, al lado de la lamparilla del Sagrado Corazón. José Luis dijo: Así huelen las mañanas en El Salvador, a tierra húmeda. Un día te llevaré, te encantarán las mañanas, dijo. Tu padre nunca había dicho algo parecido. Era hermoso, era atrevido, y estábamos convencidos de que sucedería. Nos reíamos, seguros como oráculos que saben cómo acabarán las cosas y dejan la táctica en manos de Dios. Es posible que José Luis dijera otras cosas, no recuerdo. Pero, poco a poco, nos fue ganando el silencio. Un día, cuando te enamores, sabrás lo que es eso. Durante semanas, nuestro amor había sido plácido como los círculos que se ensanchan en un estanque. Habíamos olvidado el sonido de la piedra que los había provocado.

Y es que tu padre se había convertido en mi amigo. No; yo no sabía su nombre pero había dejado de ser un extraño. Ir a la Ciudad Vieja, fregar el suelo, limpiar alubias... las cosas más corrientes tenían la virtud de hacernos reales el uno para el otro. Si un día te casas y te mantienes enamorado, sabrás lo que quiero decir. Así que aquella noche nos amamos, sencillamente. Sin explosiones estelares ni ansias insaciables. Nos abrazamos con todo el cuerpo; éramos como dos manos unidas en una oración de gratitud al universo. Mijito, aquella noche fuiste concebido. Con amor, por un hombre y una mujer que, a pesar de todo lo que el mundo puede hacer a la gente, dejaron a un lado el miedo para admirarse de una lluvia de primavera en octubre.

Tienes que saber todo esto, porque no quiero que te asuste lo que sucedió después. Nos levantamos y nos pusimos las camisetas, porque empezaba a refrescar. Una ráfaga de viento abrió la ventana, y José Luis la cerró y dio la vuelta a la cinta. Se volvió a mirarme; era mi canción favorita. Decía aquello de que tú eres lo único del mundo que yo quiero y querré. Allí, al pie de la ventana, cruzado por franjas de sombra y de luz, José Luis estaba hermoso como un dios. Yo lo miraba y lo deseaba otra vez. En aquel momento, no sé por qué, recordé una invitación que había llegado la víspera por correo. Le dije: Una cuáquera nos ha invitado a cenar. Seguro que la recuerdas. Te hizo de intérprete una vez. Se llama Ana... No acabé la frase. Con una rapidez escalofriante, José Luis aplastó el cuerpo contra la pared, como si alguien le apuntara con una pistola desde una esquina. Fue agachándose hasta ponerse en cuclillas. Sus ojos entornados eran como cuchillos. ¿José Luis?, dije. Pero ya era tarde. Ya no podía oírme con oídos humanos.

Con el tórax dilatado, vino hacia mí como un jaguar. Lanzó un *¡No!* sobrecogedor y, en las aguas oscuras de aquel *¡No!* afloraron palabras: *Te buscaba. Hemos encontrado el cuerpo de Ana en el barranco, cerca del aeropuerto. He visto lo que has hecho con sus manos y con su lengua. La perseguiste como a un animal. Íbamos a casarnos. Lo único que queríamos era una vida normal.* Yo estaba sentada en la oscura cama, petrificada. Durante un instante terrible y eterno, las nubes apagaron el claro de luna y mi cara desapareció y se convirtió en la del soldado que había matado a Ana, el soldado sin corazón, desmembrado y desmembrador. Abrí la boca para preguntar: ¿Quién es Ana? Pero no salió ningún sonido, porque las manos de José Luis se habían convertido en puños, uno por cada amigo cuya vida había sido desgarrada como una página arrancada de la historia. Me pareció oír un crujido, como de ramas que se parten. Creo que levanté las manos para protegerme, y seguramente grité. Pero no estoy segura, no estoy segura en absoluto. Porque, no sé cómo, conseguí salir de mi cuerpo y huir de aquel sótano y de unos puños que machacaban carne.

Pasaron, uno a uno, segundos largos como el silbido de un tren. Después todo se paró. Él tenía la mano levantada, para volver a golpear, pero un hilo invisible la sostenía en alto, como la mano de una marioneta. Su sombra se recortaba en la pared desconchada como las siluetas de las figuras humanas de Hiroshima, firmas estampadas por la bomba al evaporarse la carne. Tenía inmóvil todo el cuerpo, salvo los ojos. Y en sus ojos yo veía gente que corría y caía, llamas y columnas de humo, procesiones de mujeres que mostraban las fotos de sus hijos, postes del teléfono que caían, puentes que volaban. De verdad, todo esto y más vi en sus ojos. Tu padre y sus camaradas habían entregado su vida a la causa de parar la guerra, pero al fin habían sido atrapados por la guerra. Hasta ahora no me había atrevido a decirte lo que nos sucedió aquella noche. La guerra es un dios que se regala con partes del cuerpo. Todo lo que toca lo desfigura, incluso el amor. Y también a mí me atrapó. Me cortó la lengua.

*   *   *

Cada historia encierra su medicina; tienes que descubrir qué es lo que más te conviene de ésta, tomarlo y dejar el resto. Quizá todo lo que te he contado te ayude a encontrar la paz. No es culpa tuya si a veces la cólera te hace saltar en pedazos con un crujido de losa que se resquebraja. Son sonidos que penetraron en mi cuerpo la noche en que te concebimos, y los golpes ocupan un lugar en tu destino, tan seguro como la posición de los astros que regían la noche. Yo te perdono tu furor, tu furor de adolescente que, dirigido a un padre ausente, hace blanco en mí. Ahora, hijo, perdónate a ti mismo.

Y aquí va, quizá, más medicina. Me preocupas cuando tus ojos se convierten en cuchillos mientras miras las noticias o pulsas las teclas del ordenador como un corresponsal de guerra, al escribir tus trabajos de examen sobre toxinas y tierra de labor. ¡Qué cargas las que has asumido, tratando de salvar al mundo! Los norteamericanos tenemos la costumbre de pensar que el cielo nos dio un destino singular, que tenemos que extender la verdad entre las naciones. La suerte y un exceso de riqueza hacen que nos veamos a esta luz extraña; suerte y riqueza de las que tú y yo hemos podido beneficiarnos. Hemos podido permitirnos el lujo, inconcebible para la mayoría de la gente, de desarrollar nuestras dotes. Usa las tuyas, José Luis. Aférrate al sueño de salvar el mundo. Pero, tranquilo, que no eres único. Quizá Dios no te pide sino que recuerdes quién eres: uno de los millones que han sido concebidos en la guerra y el amor, una noche que estalló como una botella de cerveza en una acera mientras una voz gritaba: ¡Basta! ¡Basta!

Estoy cansada, espantosamente cansada. Lo mismo que el veneno de serpiente, la medicina de esta historia ha tenido que salir de mi propio cuerpo. Quizá no llegues a leer esto, no sé. Empecé este relato hace mucho tiempo, por razones que no podía definir, quizá sin razón alguna. No imaginaba que acabaría cumpliendo una promesa que hice a Dios cuando naciste: que, si vivías, te contaría la historia de tus orígenes. Las promesas son tan peligrosas como los saltos en caída libre. Es como lanzarse al vacío. Nada me asusta tanto como una súplica atendida. Y nada castiga tanto al cuerpo como cumplir una promesa hecha a Dios. Por eso estoy tan cansada, por eso me he pasado el día llorando en mi cuarto. Por lo mucho que deseaba que vivieras.

*   *   *

Lo que pasó después fue casi una incongruencia, como el edificio que se derrumba varios minutos después del terremoto. Yo estaba en el suelo, al lado de la cama, con la cara mojada y el cuerpo sacudido por un temblor interminable. José Luis se dejó caer a mi lado, me tomó las manos y susurró: ¿Qué he hecho? Soy yo, María, soy yo, María, le dije. Me miró a los ojos y vio que me encogía interiormente. Entonces nos abrazamos. Éramos como dos pasajeros de avión que han sido unos perfectos desconocidos hasta que el piloto anuncia un aterrizaje forzoso. Nos abrazamos y aterrizamos, pero, en lugar de alegrarnos, lloramos. Me toqué el pómulo. Era un latido violento y caliente. Sentía cómo el corazón bombeaba sangre extra, para extinguir el fuego de mi cara. Empezó a darme vueltas la habitación y un calambre me oprimió el abdomen. Entonces me acordé.

Un hombre, un vecino, se ofrece a cuidar de mí mientras mi madre va al hospital, a ver a su padre moribundo. Yo tengo siete años. Mi madre lleva su pelo color caoba recogido en una larga trenza a la espalda. Me da un beso. Volveré pronto, dice. El coche se aleja aplastando la grava.

Este hombre, que acaba de llegar del trabajo, lleva americana y corbata. Cuando sonríe, en su cara no hay una sonrisa sino un signo menos.

Llevas el vestido torcido, me dice. Qué bonito vestido rojo. Ven y te lo arreglaré. Pero yo oigo: Ya te arreglaré.

Que si la falda de mi bonito vestido rojo es muy corta, y siento unas manos que me suben por los muslos y unos pulgares dentro de las bragas.

Un dedo en un sitio que no sabías ni que existiera es un cuchillo. Un cuchillo en un sitio del que no sabes ni el nombre es la más letal de las armas. Su punta graba en tus paredes interiores palabras para llenar el vacío. Palabras como: *caos, cochina, cállate, culpa tuya*.

La niña de la cola de caballo abre la boca, pero alguien ha cortado los cables que conectan el pensamiento y la palabra. Se le envían millones de señales, en todas partes hay niños que gritan, pero se han averiado los altavoces...

La niña está sola en casa, sola con el hombre. A los pocos minutos, descubre que cuando estás sola pasan cosas malas. Descubre el miedo a estar sola mucho antes de descubrir el significado de la palabra *abandono*.

El sitio del placer se convierte en el sitio del miedo.

Cuando hablo de aquello, no puedo ensartar más que unas cuantas frases. Ten paciencia conmigo. No puedo recordarlo todo. Quizá nunca lo recuerde todo. Pero ¿ves los espacios en blanco entre las frases? Prometo llenarlos, si me acuerdo. De momento, que los espacios en blanco respeten esa parte de mí que está muy lastimada como para recordar. Ten paciencia con nosotras, la mujer de treinta y nueve años, la niña de siete. Respétalas.

El hombre, con su sonrisa de signo menos, cancela a la niña. De arrodillado que estaba, se pone en pie y conecta el televisor. La hora de las noticias. Unos hombres con pantalón bombacho color de tierra y árboles ponen una rodilla en tierra y apuntan con rifles. Las aspas de los helicópteros desgarran el cielo. Un vendaval reduce la selva de tres dimensiones a una. Los hombres del rifle llevan cascos que parecen tortugas. Apuntan a hombres pequeños de ojos de almendra y pómulos de cabeza de fósforo que salen de entre los árboles con las manos en la nuca. Las nubes de humo se disgregan formando caracteres de un lenguaje no inventado todavía. Arde un pueblo. El pueblo se convierte en una señal de humo que ni Dios puede descifrar.

El hombre de la corbata saluda a la madre de la niña. Ha vuelto del hospital; su padre está mal. Ella sonríe con cara de preocupación, da las gracias al vecino por haber cuidado de la niña. El hombre quita la televisión. Dice que, antes de ir a mejor, la guerra aún tiene que ir a peor. ¿O fue que el tiempo aún tenía que empeorar antes de

124

que llegara el calor? La madre le da unas galletas envueltas en papel de aluminio. Muchas gracias, adiós. Gracias a usted, adiós. Él sonríe, cancelándolas a las dos. Tiene ojos muertos. Para él, el mundo es plano. Saldrá a la calle y cancelará pueblos enteros.

La niña abre la boca para decir algo a su madre. Pero no tiene palabras para lo que ha pasado, no tiene palabras para el mal. Además, empieza a nevar, una nevada de primavera. Aplasta la nariz contra el cristal. Unos copos gordos se estrellan contra la ventana, se pegan a las piedras como musgo. La niña imagina una tierra de ensueño, blanca como en los cuentos que su madre le lee por la noche. La niña empieza a distraerse, a olvidar. Todavía tardará años en saber que mucho de lo que hace es luchar contra el sueño.

* * *

Al cabo de veinte años, sigo usando el nombre de María. Cuando dije a José Luis: Soy yo, María, me acordé. Y el fantasma del hombre de la sonrisa de signo menos huyó. Aquel demonio no pudo soportarlo. No pudo soportar el sonido de mi verdadero nombre.

* * *

2 de noviembre de 1982

Mijita:
Gracias a Dios que me llamaste. Has estado muy callada todo el verano, y la semana pasada me marché preocupada. Porque me alegro de poder estar a tu lado hasta cuando estoy fuera.

Los cardenales se te borrarán. Son los cardenales de dentro los que me preocupan. Haces bien en ir al psicólogo de José Luis. Es un buen hombre. No será fácil, pero estás en el buen camino. Lo peor es no acordarse. El olvido es el instrumento del diablo. Como te dije, a mí también me sucedió. Tendría cinco años. De modo que no estás sola. Empiezo a creer que tienen razón esas señoras que despotrican contra «el patriarcado».

Tú y José Luis tenéis que seguir ayudándoos y hablándoos el uno al otro. El doctor Ya Sabes Quién, del hospital clínico, me ha llamado y dice que los dos os pondréis bien. Dice que José Luis responde a la píldora antipánico. Es suave, pero procura que la tome con la comida. Esta cosa del síndrome de la guerra es muy complicada. En nuestro trabajo vemos cada día más y más casos. Mi contacto de Nogales dice que varios médicos de Toronto han creado un centro para las víctimas de la tortura. Pienso escribirles una carta, para pedir que uno de los médicos venga a hablarnos de esa obra. Si pudiéramos preparar a unos cuantos psicólogos y médicos en esas terapias aliviaríamos muchos sufrimientos. El doctor Ya Sabes Quién hace tiempo que dice lo mismo, y él debe de saberlo, porque sus padres eran supervivientes de los campos de concentración. Comida, alojamiento y solicitud de asilo político han sido hasta ahora nuestras prioridades, pero no bastan cuando el peso del pasado cae en el ventilador.

Anoche, por teléfono, no hacías más que decir que hubieras debido escucharme. Sí, yo traté de advertirte de que algo podía salir mal. Pero ninguna de las dos puede adivinar el futuro. La vida es un asunto arriesgado, pero la alternativa es cavar un hoyo y meterte en él. Tú quizá no lo sepas, pero yo tengo mi colección de cicatrices. Y también las tendría aunque nunca hubiera salido de casa. Es mejor tener cicatrices por haber vivido que por haberte escondido. Conque no te atormentes, mijita, bastantes cardenales tienes ya. Estoy segura de que de esa experiencia pueden sacarse enseñanzas, pero ya las descifrarás más adelante, ¿de acuerdo? Llámame y tenme al corriente de todo. Estoy a tu disposición.

Besos y oraciones,

SOLEDAD

*   *   *

Noviembre de 1982

Un día escribiré todo lo que pasó la otra noche. Ahora no podría. No sé ni por dónde empezar a describir las cosas. Pero me parece que empiezo a comprender por qué el miedo y la tristeza han estado siempre muy cerca de mí, como mi sombra. Una vez me lastimaron gravemente. Y ahora sé cómo. No hay mucho que yo pueda hacer con la información *per se*. Pero quizá sea eso lo que importa. Lo que tengo es más que información. Es verdad. Quizá nunca «me recupere». Pero me parece que tengo una posibilidad de ser libre.

Hace unos dos días que estoy como aletargada, en un duermevela. Y ahora, al cabo de tanto tiempo, José Luis duerme profundamente. No me atrevo a decir a Soledad que ha dejado de tomar las píldoras antiansiedad que le dio el doctor Weisel. José Luis dice que tenía que purgar viejos venenos y ha estado masticando raíz de oshá. Por fin, se ha permitido llorar y llorar por Ana, la mujer con la que iba a casarse, y por todos sus amigos. Dice que por eso ahora puede dormir. Que las lágrimas que no derramas te envenenan la sangre.

Es bueno que sepa lo que sé porque eso me ayuda a ser más comprensiva con José Luis. Creo que una parte de mí le envidiaba. Es terrible admitirlo. Cuando se levanta a hablar en las iglesias abarrotadas de gente, sus heridas son tan profundas como el Gran Cañón, y están a la vista de todos. Las mías siempre fueron invisibles. Quiero decir que yo no puedo levantarme y hablar a una multitud de algo tan tonto como la tristeza o el miedo al abandono o a que la vida se me vaya de la mano. No está en la misma escala que las brigadas de la muerte y los desaparecidos y el que toda la tierra sea de los ricos. Pero no se trata de quién ha sufrido más. No puedo remediar el sentir que todo forma parte de un mismo esquema. El de que la gente ame el poder, o algo por el estilo, más que la vida. Quién sabe. De todos modos, menos mal que tengo este cuaderno. Sólo con escribirlo, ya me siento mejor.

* * *

Oigo a mi hijo teclear en el ordenador. Me siento anticuada escribiendo a mano. Pero tantos años de madrugar para escribir en el cuaderno han creado hábito. No conozco una dicha mayor, mientras espero que surta efecto la cafeína, que la de mover la pluma por el papel. Es como observar los movimientos del puntero en la tabla de la ouija; letra a letra, van llegando las respuestas. Reconozco que esta satisfacción puede tener su raíz en la venganza. Verás. Cuando aquel vecino se mudó, trajo a mi madre una caja de puros llena de bolígrafos y libretas que dijo que ya no necesitaba. Mi madre me los dio para que practicara la caligrafía. Despejó un extremo de la mesa de la cocina y puso una lámpara. El hombre que había tratado de destriparme como si fuera un pescado no sabía lo que hacía al desprenderse de aquellos objetos. Yo me lancé a nadar y luego levanté el vuelo inventando relatos en unas libretas limpias, salvo por unas cuantas páginas de fórmulas matemáticas. Me gusta creer que estoy por encima de la venganza, pero imagina qué gusto: yo he dicho la última palabra. ¿Es esto venganza? ¿O, como diría Soledad, es el espíritu que actúa por sendas misteriosas?

CINCO

Es de fábula. No me puedo creer que mi madre y yo estemos a punto de aterrizar en San Salvador. El avión da unas sacudidas de pánico. El piloto no hace más que repetir que hemos entrado en una zona de turbulencias, y yo estoy más mareado que una sopa. Ya sé que no debería tratar de leer ahora, pero mi madre se ha acordado de unos versos que llevaba en el bolso, que dice que le dejó mi padre. Son de una tal Claribel Alegría. Mi padre subrayó algunas frases: Me obsesiona el retorno / pasan volando las caras / por la fisura abierta. / Volverá a haber paz / pero será distinta. / El arco iris reluce / tira de mí / con fuerza / no esa paz inerte / de ojos sin vida / será una paz rebelde / contagiosa / una paz que abre surcos / y apunta a las estrellas... Mierda, no puedo seguir, deben de ser los nervios, pero no me atrevo a decir algo a mi madre. Fue mi gran idea hacer este viaje. Cuando me habló de mi padre, dije que teníamos que tratar de averiguar si está vivo o muerto. A pesar de que los acuerdos de paz fueron firmados hace mucho tiempo, la archidiócesis de San Salvador sigue tratando de descubrir qué ha sido de cada cual; guardan bajo llave las fotos de todos los muertos y desaparecidos. He leído en el periódico que las autoridades eclesiásticas de El Salvador y miembros del Consejo Mundial de las Iglesias van a pedir a las Naciones Unidas que se abran las fosas comunes. Parece que no van a darse por satisfechos hasta que se localice e identifique a todo el mundo. No sé qué encontraremos en el despacho de la archidiócesis. Me asusta pensar que puedan tener una foto del cadáver de mi padre. Lo he visto en fotos, vivo y sonriente, y no imagino qué sentiré al verlo de otro modo. Pero me preocupa sobre todo mi madre.

*   *   *

Nuestro vuelo se demoró y no llegamos hasta la una de la madrugada, pero la hermana Margarita Bautista nos esperaba. Pareció alegrarse mucho de vernos. Era como si fuéramos viejos amigos. Dice mamá que Soledad la conoció cuando fue a El Salvador con la primera delegación. Estaba previsto que pasaríamos la noche en Ciudad Grande, donde la hermana dirige un centro de alfabetización, pero cuando aterrizamos era muy tarde para viajar hasta allí y acabamos en el Sheraton. Yo no pegué ojo y mamá tampoco. Estuvimos jugando a cartas toda la noche, y ella no hacía más que hablar de mi padre. Se reía al recordar cómo él había tratado de enseñarle a hacer pupusas —bolsas de maíz rellenas de queso— pero a ella siempre le salían duras, como galletas. Entonces, sin más, se echó a llorar, y decía que no había anotado la receta. Yo no sabía qué decir, y comenté: Qué bien que a papá le gustara la cocina. De repente, dejó de

134

llorar. Yo nunca había llamado «papá» a mi padre. Y le iba bien la palabra. Le iba como un par de zapatos viejos. Me parece que en el fondo siempre me había amargado no tener padre. Pero, cuando mamá me dijo que mi mal genio me venía de la noche en que él le pegó, una parte de mí dejó de estar enojada. Hasta entonces no me había dado cuenta de que, aunque se hubiera marchado, me había dejado algo de sí mismo. Que mamá no me había hecho todo ella.

Estoy cagado de miedo. La hermana Margarita vendrá de un momento a otro para acompañarnos al despacho de la archidiócesis. Mamá se retoca el rojo de labios. Lo hace cuando está nerviosa. Ahora se lamenta de la arruga que tiene entre las cejas. Eso de cumplir los cuarenta la pone paranoica. Debe de ser la crisis de los cuarenta. De todos modos, mamá siempre ha sido vieja para sus años. Por lo que me dijo, da la impresión de que tuvo mucho qué sentir siendo todavía muy joven. Por un lado, cuando le veo una cana, me pide que se la arranque y, por otro lado, dice que está deseando llegar a la edad que ha tenido siempre por dentro: cincuenta años. Dice que ese día quizá se enrole en el Cuerpo de la Paz. No me imagino a mamá... Ay, Dios, ya está aquí la hermana Margarita.

*   *   *

El despacho de la archidiócesis no es lo que yo esperaba, ni mucho menos. Fue reconstruido con bloques de cemento —lo voló la misma bomba que destruyó parte del muro de la catedral y mató al arzobispo José Grande que, según mamá, era famoso por su defensa de los derechos humanos—. En las paredes no hay nada más que una cruz y una estampa de Jesús Resucitado que parece que tiene agujeros de balas. La hermana Margarita ha ido a la caja fuerte con la hermana que trabaja aquí. Es demencial. Tantos años después de la firma de los acuerdos de paz, todavía tienen que guardar los documentos en una caja fuerte. Mamá se sujeta el chal como si tuviera miedo de que le volara. Ojalá yo pudiera hacer que se sintiera mejor. Por lo menos, no estamos solos. Hay otras dos mujeres, con niños las dos. Llevan pañuelo en la cabeza. Nunca había visto caras como las suyas. Caras de corteza de árbol, oscuras y arrugadas, viejas antes de tiempo, pero fuertes. Lo curioso es que, si les quitas las arrugas, se parecen a mí: los mismos pómulos, los mismos ojos achinados. Podríamos ser parientes. Me parece que mamá piensa lo mismo. Uno de los niños se ha caído al suelo cuando corría hacia nosotros, y mamá se ha levantado de un salto, lo ha recogido y ha sacado del bolsillo un pañuelito de papel para limpiarle las lágrimas. Ahora las dos salvadoreñas hablan con mamá. Me gustaría entender lo que dicen. Mamá se desmayará cuando le diga que me he matriculado de español para el próximo curso.

*　*　*

Hemos estado dos horas mirando álbumes y más álbumes de fotos. Aún no me explico por qué no hemos salido corriendo del despacho. A veces, no tienes más remedio que blindarte. Tienes que mirar los cadáveres como si miraras la televisión. Pero no es fácil, porque en esas caras tengo que buscar la cara de mi padre. Mi cara. Mamá se ha levantado y ha salido del despacho un par de veces. Nunca la había visto tan vieja. En dos horas, ha adquirido un parecido con estas otras dos mujeres. Su cara no se ha puesto fláccida como las caras norteamericanas sino tirante y chupada, como para dejar sitio... a los muertos. Y es que sus caras, sus recuerdos y las cosas que no pudieron decir parecen ocupar mucho espacio. Cuando empezamos a mirar los álbumes, yo quería echar a correr, salir de aquí. Pero ha podido más la curiosidad, incluso más que el miedo. Quiero encontrar a mi padre, a papá.

* * *

¡Mamá, oye, mamá, mamá, no llores, está bien, es él! Es papá. No está muerto, no. Debajo de la foto hay un interrogante. Mira, fecha de nacimiento, pero no de la muerte. Está como en tus fotos. Quizá no volvió. Pero mira, mamá, mira el nombre. José Luis Alegría. José Luis. ¡No era un nombre falso después de todo! ¿Qué dices, que siempre lo has sabido? Está bien, mamá, llora. No te preocupes por mí. Yo lloraré después. ¿Qué dices, que lloras de felicidad? Sí, tienes razón, no era un extraño. ¿Lo ves, mamá? Te dio su verdadero nombre porque te quería y deseaba darte algo real. Lo sé porque yo haría lo mismo. Papá y yo somos especiales en eso, cabezones. Mamá, tú no me diste un segundo nombre. Ahora ya lo tengo. Alegría.

Las monjas dan palmadas en la espalda a mi

madre y las otras dos señoras que miraban los álbumes le sostienen las manos. Y yo no sé pensar más que en mi segundo nombre. Tendría que estar llorando. Pero ¿por qué? Papá siempre estuvo desaparecido para mí. Pero ahora ha vuelto y me ha dado otro nombre. Y tengo la sensación de que vive. Durante veinte años, mamá ha creído lo peor. En eso somos distintos. Yo estoy convencido de que él está... ¡Dios, el arzobispo! La hermana Margarita le presenta a mamá. Es el sucesor de José Grande. Nunca dirías que es un arzobispo, con ese pantalón de algodón, esa camisa y esas sandalias rotas. El año pasado, mamá me envió un artículo que hablaba de una conferencia que dio en Harvard, acerca de que no puede haber paz hasta que a todos los muertos de El Salvador se les dé nombre y honores y todos los asesinos sean llevados ante la justicia. El arzobispo da un objeto a mamá, es un póster. Un póster de una señora de cara oscura con un pañuelo blanco en la cabeza que sostiene una corona de espinas. Detrás se ve una silueta humana dibujada con tiza en una calle. Al pie del póster se lee: MADRE DE LOS DESAPARECIDOS. Nunca había visto nada igual. Es María, la madre de Jesús.

*   *   *

Lo primero que mamá quiso que hiciera cuando regresamos fue revelar el carrete. Me había hecho sacar varias fotos de la foto de papá. Parece muy tranquila desde que regresamos, hace una semana, y es un alivio, porque me preocupaba que el viaje le recrudeciera la pena.

138

Todavía no sabemos qué diablos pudo pasarle a papá. Pero ella parece tener una energía tremenda. Hasta se ha volcado en las actividades del Centro de Justicia. Dice que en la reunión de anoche se ofreció voluntaria para organizar una campaña de escritura de cartas —ahora se intenta enviar a El Salvador a un equipo de especialistas forenses para analizar lo que hay en las fosas comunes, a fin de establecer pruebas documentales de las atrocidades cometidas durante la guerra—. Esta mañana, me llevó a misa a San Rafael y después entramos en la tienda de marcos. Cuando llegamos a casa, me hizo clavar un clavo en la pared, encima del altar de su dormitorio, y colgamos el póster —ella dice «la imagen»— de la Madre de los Desaparecidos, luego, puso en las esquinas del marco una foto suya de cuando tenía siete años y la foto de la foto de papá. Encendió una vela y se quedó inmóvil durante mucho rato. No dijo por qué había colgado el póster, lo cual es extraño, porque siempre está tratando de analizarlo todo, de traducir las cosas a palabras. Me vuelve loco. Al fin no pude más y le pregunté qué pensaba. Ella sonrió y dijo que la Madre de los Desaparecidos está siempre recordando, siempre esperando el regreso de todos. «Mijo, ahora puedo seguir viviendo», me dijo.

* * *

Acabo de mantener una larga conversación con mi hijo. Está sucediendo todo tan deprisa... A la sombra de la espesa fronda del inglés, crecen robustos mechoncitos de español que huelen a las pupusas y taquitos con salsa verde que dice que come por lo menos una vez a la semana en un restaurante de Spanish Harlem. No te preocupes, mamá, me dice José Luis, sí, duermo lo suficiente y tengo mucho cuidado cuando cruzo el campus por la noche... De todas las etapas de la vida de mi hijo —jazz y fotografía, esquí de competición y, el curso pasado, novela latinoamericana— ésta es la más temible y sobrecogedora: Una nueva lengua es un tinte, una gota del cual cambia para siempre la química de la persona que la aprende. Todavía habla de salvar el planeta —pero ahora parece haber encontrado un punto de partida: dice que el próximo verano se ofrecerá voluntario para participar en un proyecto para la conservación del suelo en El Salvador. Será el primer verano que pasemos separados.

Recuerdo el momento en que, durante nuestro viaje a El Salvador, él empuñó el timón de su vida, a pesar de que entonces yo no sospechaba lo que estaba ocurriendo. Después de la visita a la oficina de los derechos humanos, teníamos previsto ir a Ciudad Grande, una de las colonias de refugiados repatriados. Yo estaba tan cansada que no soportaba ni siquiera la idea de aquel viaje. Dije a José Luis que prefería quedarme a rezar y meditar en la catedral y que pensaba que lo mismo debía hacer él, descansar antes del viaje de regreso. Descansar. Una de esas tímidas recomendaciones maternales que suelen ser contraproducentes. Comprendí que no deseaba quedarse a mi lado y que ello le causaba una sensación de culpabilidad. Y, como una estúpida, dejé que mi afán de controlar me dominara durante unos segundos más de la cuenta. Él me adivinó la intención y estalló. No he venido hasta aquí sólo para ver la cara de mi padre... y no, su mundo, me dijo.

Cuando regresó, un día y medio después, con la hermana Margarita, estaba de muy buen humor. Mamá, no te lo vas a creer. He conocido a una familia que hace labor de recuperación de la tierra utilizando técnicas de cultivo tradicionales. Imagina, el ejército les quitó las tierras en los años setenta... Hablaba con la pasión del joven que cree haber descubierto algo nuevo; claro que, para él, la historia de El Salvador era algo nuevo. Después, durante el regreso, observé que la cara de mi hijo había cambiado, que su gesto adusto se había suavizado con una expresión de sorpresa que rayaba en el asombro. Era como si, después de ver a tanta gente que tenía un aspecto parecido al suyo, ya no tuviera que llevar la carga de su herencia él solo. Se sentía libre para explorar nuevas actitudes, nuevas expresiones. Ahora dice que se cartea con la hija mayor de esa familia salvadoreña. Ángela se llama y tiene la misma edad que él. No sé qué puede significar esto, ni si significará algo. Él no admite, ni siquiera ante sí mismo, que la vida puede haber tomado otro rumbo hasta después de que han ocurrido los hechos. Ahora sólo sabe hablar de lo mucho que le gusta escribir a Ángela en español, y de que ya está deseando que llegue el verano. Yo sufro al pensar en la separación, le envidio su libertad de movimientos y reviento de orgullo al verlo fuerte y hermoso como un cactus del desierto en flor.

Hijo mío, mi niño, querido desconocido que

desaparece en una nueva lengua y un nuevo paisaje mientras yo busco dentro de mí la magia que me hace quererte. Tengo cuarenta años. He fundido la tristeza y la alegría en una sola hoja con la que tallarme una vida. Y ya entreveo la forma que siempre ha estado ahí y que empieza a convertirse en mí.

* * *

EPÍLOGO

Ontario, Canadá

Querida María:

Envío esta postal a la dirección de Soledad, y pido a Dios que llegue a tus manos. Sí, regresé. Y estuve escondido mucho tiempo. Hasta hace poco no ha sido seguro para mí vivir a la luz del día. Por mis contactos me he enterado de que tú y un joven fuisteis a buscarme. Si lo hubiera sabido... Aunque los motivos que me impulsaron a regresar a mi país eran justos, el acto de dejarte no lo fue. Ahora estoy en el Centro de Toronto para Supervivientes de la Guerra, de visita con el arzobispo de San Salvador. Hablamos con los directores y buscamos fórmulas para ayudar a regresar a casa a los refugiados que lo deseen. ¿Recuerdas la serie de poemas que empecé? Bueno, pues los terminé. Espero que te guste mi traducción al inglés. Tengo tantas cosas que contarte, María. Pido a Dios que no me hayas olvidado.

Tu amigo para siempre,

José Luis Alegría Cruz (y Romero)